KB062879

역사의 쉼터 이야기 박물관

사기
史 記

역사의 쉼터 이야기 박물관

사기

초판 1쇄 2016년 5월 30일

글쓴이 | 유강하
펴낸이 | 김준연
펴낸곳 | 도서출판 단비
편   집 | 이효선
등   록 | 2003년 3월 24일(제2012-000149호)
주   소 | 경기도 고양시 일산서구 일중로 30, 505동 404호(일산동, 산들마을)
전   화 | 02-322-0268
팩   스 | 02-322-0271
전자우편 | rainwelcome@hanmail.net

ISBN 979-11-85099-79-8   04810
      979-11-85099-12-5   (세트)

값 12,000원

국립중앙도서관 출판시도서목록(CIP)

(역사의 쉼터 이야기 박물관) 사기 : 사마천이 역사의 길에서
만난 사람과 삶의 이야기 / 글쓴이 : 유강하. ― 고양 : 단비,
2016
p. ;   cm. ― (단비 청소년 교양 월타 ; 3)

한자표제 : 史記
참고문헌 수록
ISBN 979-11-85099-79-8 04810 : ₩12000
ISBN 979-11-85099-12-5 (세트) 04810

사기(역사)[史記]

912-KDC6   CIP2016011625

*이 저서는 2007년 정부(교육과학기술부)의 재원으로 한국연구재단의 지원을 받아 수행된 연구임.(NRF-2007-361-AM0056)

역사의 쉼터 이야기 박물관

유강하 지음

사기
史 記

사마천이 역사의 길에서 만난
사람과 삶의 이야기

단비
danbi

오래전, 내가 다니던 학교 근처에는 큰 서점이 있었다. 가장 번화한 곳, 사람들이 가장 많이 오가는 곳에 있던 서점은 단순하게 책을 사고파는 곳이 아니었다. 그곳은 만남의 장소로도 종종 이용되어, 사람들은 책을 구경하거나 읽으면서 약속시간을 기다렸다. 나도 친구들과 그 서점을 약속 장소로 정해 만나곤 했다.

나는 그때 《사기》를 만났다. 저자인 사마천이 얼마나 비극적인 삶을 살았는지 자세히 알지 못했지만, 《사기》라는 커다란 제목 아래 '토끼 사냥이 끝나면 사냥개를 잡아먹는다'는 부제가 눈에 와 닿았다. 오랜 옛날에 그토록 비정한 세계가 있었다는 사실이, 토끼 사냥이 끝나면 사냥개를 잡아먹는다는 간결한 비유가 전달하는 비극적 이야기의 주인공이 궁금했다.

나의 궁금증을 자극한 '토사구팽兔死狗烹'의 주인공은 한漢나라 고조高祖 유방劉邦을 도와 한나라의 개국공신이 되었지만, 결국은 비참하게 죽은 한신韓信이다. 그 책에는 토사구팽 이야기뿐만 아니라, '와신상담臥薪嘗膽'이라는 처절한 복수극과, 천재였지만 자신의 운명은 결코 예측하지 못한 손빈孫臏의 운명이, 나라를 멸망하게 했다고 두고두고 비난받는 달기妲己와 포사褒姒의 이야기가 있었다. 나는 이야기 속에서 수천 년 전의 그들을 만났다.

사마천이 기록한 《사기》에는 아주 먼 고대로부터 시작된 수천 년의 역사가 망라되어 있다. 《사기》는 오랜 역사의 흐름 속에서 건져 올린 보석 같은 이야기들이다.

그때 산 그 낡은 책은 여전히 내 책장에 꽂혀 있다. 책이 늘어나면서 나는 잘 읽지 않는 책들을 상자에 보관하거나, 다른 사람들에게 나누어주기도 했지만, 그 오래된 책은 지금도 내 책장에서 가장 잘 보이는 자리에 있다.

유방劉邦을 도와 한나라의 개국공신이 되었지만, 결국 '토사구팽'당한 한신韓信. 섬서성 한중시 배장대拜將臺 소재.

나는 가끔 맛있는 과자를 꺼내 먹듯 《사기》의 이야기를 꺼내 읽었다. 역사의 기록이지만 소설보다 재미있고 흥미진진했다. 읽을 때마다 나에게 다가오는 느낌과 깨달음도 달랐다. 《사기》를 읽고, 사람들과 대화하고, 강의하면서 《사기》에 대해 이야기하고 싶은 생각이 들었다.

이 책에 실린 이야기들은 내가 재미있게 읽었거나 좋아하는 것들, 또는 여전히 진지하게 마주하게 되는 이야기들이다. 때로 가볍고, 때로 비장한 스토리는 모두 사람들의 생각과 감정, 욕망이 복잡하게 얽히며 만들어진 이야기들이다.

《사기》를 읽으면서, 나는 사마천이 결국 말하고자 한 것은 '사람'과 '삶'이었다는 생각을 해보았다. 그리고 사람과 삶을 움직이는 깊은 근원에는 '마음'이 있었다. 《사기》는 사랑과 우정을 나눈 사람들, 꿈과 신념을 위해 산 사람들, 누군가를 위해 목숨을 버린 사람들, 헌신을 꽃보다 향기롭게 생각한 사람들, 고달프고 누추할지라도 자신의 길을 걸어간 모든 사람들이 만들어낸 역사다.

사마천을 울고 웃게 한 사람들의 삶은 2천여 년이 지난 우리에게도 눈물과 웃음을 가져다준다. 우리가 여전히 그들의 삶에 공감하고 고개를 끄덕일 수 있는 것은, 다른 시대와 삶을 살았어도 우리가 '사람'이라는 사실에는 변함이 없기 때문일 것이다. 시대와 배경은 다르지만 사람으로 살아가야 하는 운명을 가진 나, 오늘 내가 다시 《사기》를 읽는 이유다.

이 책은, 시공간은 다르지만 그들의 삶을 열심히 살았던 사람들, 비참한 현실 속에서도 붓을 놓지 않았던 사마천 덕분에 나올 수 있었다. 수많은 색깔의 이야기를 남겨준 모든 사람들과, 생각을 나누어 준 많은 분들, 정성껏 책을 만들어주신 단비출판사에 고마운 마음을 전한다.

2016년 봄
유강하

2부 패자覇者들의 전성시대, 춘추시대

4부 위대한 제국 건설, 한漢나라

일러두기

- (괄호) 안에 표기한 내용은 이해를 돕기 위해 설명을 덧붙인 것이다.
- [괄호] 안에 표기한 내용은 이해를 돕기 위해 원문에는 없는 내용을 덧붙인 것이다.
- 인용문에 별도의 출처 표기가 없는 것은 이해를 돕기 위해 원문에 없는 내용을 덧붙인 것이다.

고통 속에서 피어난 꽃, 《사기史記》

사마천의 운명으로 걸어 들어온 《사기》

중국의 역사 인물들을 그린 그림 속에서 사람들의 눈길을 사로잡는 한 사람과 만날 수 있다. 수염 자국이 없이 매끈한 턱을 가졌지만 형형한 눈빛을 한 사내, 한없이 부드러우면서도 강렬한 인상을 주는 이 사람의 이름은 사마천司馬遷('사마'가 성姓, '천'이 이름이다)이다. 그는 '기전체紀傳體'라는 독특한 서술 방식으로 세계사와 도덕·윤리 교과서에서 당당히 한 줄을 차지하는 인물이기도 하다. 그는 역사를 기록하는 역사가歷史家지만, 그가 완성한 기전체라는 독특한 서술방식은 역사뿐만 아니라 후대의 문학·철학 등에도 큰 영향을 미쳤다.

유명세로 보자면, 사마천은 '중국 역사의 위대한 인물'에 포함되어 역대의 유명한 왕들과 어깨를 나란히 하면서 무려 2천 년이 지난 지금까지도 명성을 이어오고 있다. 하지만 공자가 그러했듯, 사마천의 명성 뒤에는 상상하기 어려운 고통과 괴로움이 자리 잡고 있다. 《사기》를 '고통 속에서 피워낸 꽃'이라고 부르는 이유다.

사마천의 직업은 태사太史('태사'는 고대의 '사관史官'이다)였다. 사마천은 아버지인 사마담司馬談의 직업을 이어 태사가 되었지만, 아버지가 하던 일을 무작정 물려받았다는 말은 아니다. 확고한 직업의식과 자부심이 넘쳤던 아버지의 교육 덕분에 사마천은 젊은 시절부터 책을 읽고 여행을 다니며 견문을 넓혔다. 책으로 얻은 지식, 끊임없는 생각을 통해 얻은 자신만의 철학, 여행을 통해 피부로 배운 삶의 경험은 그의 인생에 커다란 영향을 미치게 된다.

사마천의 고향인 중국 섬서성 한성시에 조성한 사마천 광장과 사마천 동상. 동상 뒤 오른쪽으로 사마천 사당과 무덤이 보인다.

사마천과 무제武帝

태사가 된 이후의 사마천의 삶은 순조로웠다. 아버지가 돌아가신 후 태사령太史令이 된 사마천은 열심히 읽고, 배우고, 엄밀하게 기록하면서 사관으로서의 책무를 다했다. 사마천의 불행은 생각지도 못한 한순간에 다가왔다. 사마천은 알지 못했을 것이다. 한순간의 실수가 자신을 평생 동안 괴롭히리라는 것을 말이다.

문제가 된 사건의 전말은 이렇다. 열여섯 살에 황제 자리에 오른 무제武帝는 대단한 야심가였다. 그의 할아버지와 아버지는 검소함과 인내, 자애로운 리더십으로 중국 역사상 손꼽히는 황금시대인 '문경지치文景之治'를 연 주인공 문제文帝와 경제景帝다. 그들 덕분에 무제는 풍족한 경제력을 바탕으로 황제의 임무를 시작할 수 있었다.

부족한 것도, 두려운 것도 없는 황제는 더 큰 제국, 강력한 군대를 원했다. 그는 끊임없이 영토 확장을 꿈꾸었지만, 북쪽에 자리 잡은 흉노匈奴는 커다란 걸림돌이었다. 한나라에 비해 인구수도 턱없이 부족하지만 뛰어난 전투력을 가진 흉노를 제압하고 그 땅을 차지하여, 위대한 제왕이 되는 것이 무제의 소원이었다. 곽거병霍去病, 위청衛青 등 용맹한 장수는 흉노와의 싸움이 끊이지 않던 시대가 낳은 영웅들이었다. 그 가운데 이릉李陵이 있었다. 과묵하고 신중한 성품에 출중한 전투력과 용맹함까지 갖춘 그는 한나라의 자랑인 동시에, 흉노에게는 커다란 위협이었다.

한편 천하를 호령하는 무제에게는 말 못할 고민이 하나 있었다. 무제가 사랑하는 이부인李夫人이 죽어가면서 그녀의 형제들과 그녀가 낳은 아들을 잘 돌보아달라며 눈물로 호소한 유언이 그것인데, 무제는 그녀의 죽음 앞에서 맹세한 약속을 지키기 위해, 자격이 충분하지 않은 그녀의 형제 이광리李廣利를 장군으로 임명했다. 별다른 능력 없이 어여쁜 누이 덕분에 장군의 지위까지 초고속 승진을 한 이광리에게 닿는 시선은 결코 곱지 않았을 것이다. 이광리는 전투에서 공을 세워 자신의 능력을 증명해 보여야만 했다.

무제는 드디어 한 가지 방법을 생각해냈다. 이릉李陵이라는 대단한 장군을 이광리의 지원군으로 보내 승리를 이끌어내는 것이다. 하지만 이릉은 이광리와 별도로 흉노와 대적해보겠다며 무제에게 출전을 허락해달라고 요청했다. 무제는 병력이 없다며 거절했지만, 이릉은 자신이 이끌던 5천 명의 병력으로도 충분하다고 대답했다. 이릉의 흔들림 없는 용맹함을 높이 산 무제는 끝내 그의 요청을 허락했다.

안타깝게도 싸움은 이릉의 뜻대로 풀리지 않았다. 소수의 병력으로 고군분투하던 그에게는 지원군이 도착하지 않았고, 무기도 떨어졌으며 식량도 바닥을 드러냈다. 끝까지 버티던 이릉의 군대는 퇴각하려고 했으나, 이릉의 명성을 듣고 그를 사로잡고 싶어 한 흉노군은 이릉 군대를 무섭게 포위해 들어왔다. 이릉의 군대에게 남은 것은 피와 눈물, 포기하지 않겠다는 의지뿐이었다. 결국 이릉은 남은 부하들에게 도망칠 기회를 주고 스스로 흉노에게 무릎을 꿇었다.

운명을 바꾼 한 마디의 질문

이릉의 투항을 두고 조정에서는 의견이 분분했다. 이릉과 그의 집안을 엄벌해야 한다는 의견이 대다수를 차지하는 가운데, 사마천에게도 의견을 말할 수 있는 기회가 왔다. 무제가 사마천에게 의견을 물은 것이다.

"그대의 생각은 어떤가?"

그렇다! 누구나 할 수 있는 평범한 질문이다. 하지만 이것은 운명을 가르게 될 질문이었다. 책으로 배우고, 삶에서 일어나는 일을 담백하게 기록하는 직업을 가진 사마천에게 무제의 질문에 답하는 것은 식은 죽 먹기였다. 있는 그대로를 전달하면 되니 말이다.

한무제(왼쪽)와 사마천(오른쪽). 섬서성 한중시 석문잔도 풍경구 소재.

사마천이 평소에 보아 온 이릉 장군은 비록 흉노와의 싸움에서 지고 그들에게 투항한 패장敗將이지만, 평소 청렴하고 말수가 적고 부하들을 아끼고 원칙을 지키는 사람이었다.

사마천은 아마도 그에게 어떤 이유가 있었을 것이라고, 그의 투항은 진정한 투항이 아니라 언젠가 기회를 보아 한漢 왕조에 보답하려는 '일보후퇴'의 전략이었을 것이라고 진심을 담아 성심껏 대답했다.

사마천은 이릉이 얼마나 신중하고 부하들을 아끼는 장군인지 말했다. 그런데 사마천은 이릉에게 너무 집중해서 말하느라 무제의 눈치를 살피지 못했다. 어쩌면 감히 황제와 눈을 마주칠 수 없어서 바닥만 보고 얘기했는지도 모른다. 사마천은 자신의 벗 이릉을 생각하느라, 이사장군貳師將軍 이광리에 대해서는 미처 생각을 하지 못했다.

훌륭한 사람을 훌륭하다고 대답한 사마천에게는 죄가 없지만, 사마천에게 이 질문을 던진 무제의 마음을 알아주지 못한 사마천의 눈치 없음은 끔찍한 형벌이 되어 되돌아왔다.

세상의 웃음거리가 된 사마천

살아가다 보면 종종 크고 작은 억울함과 황당함을 경험할 때가 많다. 사마천의 경우가 그랬다. 그에게는 황제를 기만했다는 무고죄誣告罪가 선고되고, '요참형腰斬刑'을 받았다. 요참형은 허리가 잘린 채로 죽는 순간까지 고통을 느껴야 하는 잔인한 형벌이다. 한 마디 말로 되돌릴 수 없는 끔찍한 형벌을 받은 사마천의 억울함과 고통은 엄청났을 것이다. 다행히도 그 형벌을 면할 수 있는 방법이 있기는 했다. 우선 50만 전의 돈을 나라에 헌납하고 구제받는 방법이 있고, 또 다른 방법으로는 치욕스러운 궁형宮刑을 선택하는 것이었다. 하지만 그에게는 그만 한 돈이 없었고, 친척과 친구들은 돈을 빌려달라는 그의 간절한 부탁을 끝내 외면했다.

그에게 남은 것은 죽음과 궁형 사이의 선택뿐이었다. '궁형'이란 남성의 생식능력을 제거하는 형벌인데, 한 인간을 남성도 여성도 아닌 존재로 만들어버리는 잔혹한 형벌이다. 우리가 흔히 환관이라고 부르는 사람들이 바로 이들이다. 고대 중국인들은 환관을 멸시했고, 그들과 함께 자리에 앉는 것조차 수치스럽게 여길 정도로 환관의 지위는 비천했다. 당시 사마천이 느낀 고통과 절망은 그가 임안任安에게 보낸 편지에 그대로 남아 있다.

['이릉의 화' 사건이 있을 때] 황제인 무제께서는 저의 생각을 깊이 이해하지 못하시고, 제가 이사장군(이광리)을 막고 이릉李陵을 변호한다고 생각하셔서, 결국 저를 법적으로 처리하라고 넘기셨습니다. 저의 정성스러운 마음은 결국 드러낼 수 없었고, 황제를 무고했다는 죄로 끝내 [법을 다스리는] 관리들에게 넘겨졌습니다. [게다가 저의] 집은 가난하여 스스로를 구해낼 돈도 부족했고, 교유하던 친구들 가운데서도 저를 구해주는 사람이 없었으며, 친척들도 [저를 위해] 한 마디도 해주지 않았습니다.
저는 [아무런 감정이 없는] 나무나 돌멩이가 아닙니다. 제가 법리法吏(법을 주관하는 관리)에게 끌려가, 깊은 감옥 속에 갇히는 신세가 되었으니, 누구에게 무슨 말을 할 수 있겠습니까! (……)

게다가 이릉은 살아서 항복하여, 그 집안의 명예를 무너뜨렸습니다. 저는 잠실蠶室(궁형을 받은 사람들의 회복실)에 던져져, 다시 한 번 세상 사람들의 웃음거리가 되었습니다. 슬프구나! 슬프구나!

– '보임안서報任安書'(임안에게 보내는 답장), 《한서漢書》〈사마천전司馬遷傳〉

지켜야 하는 아버지의 유언

환관으로 사는 것은 죽음보다 못한 삶이었다. 고민과 고통 속에서 몸부림치는 그의 머릿속에 떠오른 것은 아버지 사마담이 눈물을 흘리며 남긴 유언이었다.

내가 죽은 뒤에 너는 꼭 태사太史가 되어야 한다. 태사가 되어서, 내가 하려던 저술을 잊지 말거라!

– 《사기》〈태사공자서太史公自序〉

사마천은 환관이 되는 것보다는 차라리 죽는 게 낫겠다고 생각했지만, 그때마다 아버지의 유언이 떠올랐다. 사마천은 눈물을 흘리며 끝내 궁형을 받아들였다. 그는 아버지와의 소중한 약속을 지키기 위해 고통과 수치 속에서 저작을 완성했고, 끝내 '역사의 아버지'(歷史之父)라는 불멸의 이름을 얻게 되었다.

《사기》는 이런 책!

역사를 기록한다는 것은 자칫 사실, 곧 팩트(fact)만을 기록한다는 의미로 이해될 때가 많다. 하지만 사마천은 독특한 방식으로 역사를 기록했다. 가령 한 개인의 역사를 기록할 때도 시간적인 순서에 따라 막연히 기술하는 것이 아니라, 에피소드를 중심으로 서술했다. 한 인물을 잘 보여주는 특징적인 사건을 재미있게 기록하여, 인물을 입체적으로 보여주는 방식이다. 사마천은 생동감 넘치는 묘사와 흥미진진한 대화체를 사용하여, 마치 재미있는 소설을 읽는 듯한 묘미를 주었다. 이런 서술 방식은 인물들을 표현하는 데 가장 적합했기 때문에 〈본기本紀〉와 〈열전列傳〉의 인물들을 기록할 때 주로 사용되었다. 역사지만 소설처럼 흥미진진한 사마천의 문체를 '기전체'라고 하는데, 기전체는 〈본기〉와 〈열전〉에서 한 글자씩 따서 만든 합성어다.

《사기》는 〈본기本紀〉 12권, 〈표表〉 10권, 〈서書〉 8권, 〈세가世家〉 30권, 〈열전列傳〉 70권으로 구성되어 있다. 사마천이 완성한 《사기》는 무려 130권에 해당하는 방대한 분량인데, 이 설명만 듣고 기죽을 필요는 없다. 물론 여기에서 설명하는 '권'은 지금의 우리가 생각하는 '한 권'과는 매우 다르다. 한 권은 책의 한 장章 또는 챕터 정도로 이해하면 된다. 130권이 지금 10권도 안 되는 책으로 번역될 수 있는 이유다.

이들은 각각 어떤 내용을 담고 있을까? 〈본기〉에는 전설시대부터 한무제漢武帝까지 왕조와 왕들의 흥망성쇠, 〈표〉에는 역사의 연대기, 〈서〉에는 예제禮制와 음악, 역법曆法, 천문天文, 치수治水 등에 대한 상세한 기록이 담겨 있다. 〈세가〉에는 제후들의 계보와 역사가, 〈열전〉에는 다양한 인물군상의 이야기가 담겨 있다.《사기》에는 삼황오제三皇五帝로부터 시작하여, 제왕과 제후들의 이야기, 여인들의 이야기, 전사戰士와 학자, 충신忠臣과 간신奸臣, 장사꾼과 도굴꾼, 외국인과 점쟁이, 그리고 자객刺客들의 이야기가 망라되어 있다. 그들이 만들어내는 이야기는 숲 속의 꽃처럼 다채롭고 각기 다른 매

섬서성 한성시 사마천 사당에 전시되어 있는 사마천 연구서와《사기》.

력을 갖고 있다. 《사기》는 한 마디로 이야기의 박물관인 셈이다.

《사기》 130권의 매 이야기가 끝날 때마다 사마천은 자신의 생각과 평가를 덧붙였다. 역사의 기록은 모름지기 공적公的이어야 하고, 객관성·중립성을 지켜야 한다고 생각하기 쉽지만, 사마천은 이런 원칙에 크게 구애받지 않은 것으로 보인다. 그도 그럴 것이 사마천이 비록 태사령이기는 했지만, 《사기》는 태사령이라는 공무원의 신분이 아닌 사마천이라는 개인의 자격으로 썼기 때문이다. 공자孔子를 제후들의 기록인 〈세가〉에 과감히 편집할 수 있는 건 이런 자유로움 덕분이었을 것이다.

《사기》를 읽는 방법

《사기》를 읽는 가장 좋은 방법은? 물론 원문原文을 읽는 것이다. 그러나 이 방법은 한자에 대한 엄청난 내공이 필요하다. 그다음으로 좋은 방법은 처음부터 끝까지 완역된 좋은 번역서를 읽는 것이다. 다행히도 우리나라에는 좋은 《사기》 번역본들이 있다. 그런데 수천 페이지에 달하는 번역서를 읽는다는 것은 시간이 많이 필요하기도 하고, 읽다 보면 종종 도대체 무슨 의미인지 헛갈릴 때가 있다. 이것은 《사기》가 기록한 2천 년 전의 시대가 지금과는 다르고, 지명·인명·관직명 등의 생소한 용어가 페이지마다 있기 때문일 것이다. 이럴 때는 《사기》를 쉽게 소개한 책부터 읽기 시작하면 도움이 된다. 마치 아기가 이유식부터 시작해서 밥을 먹는 것처럼, 쉬운 입문서부터 읽기 시작하면 어느새 《사기》를 즐겁게 읽는 순간도 올 것이다. 이 책 역시 《사기》를 더 재미있게 읽을 수 있도록 도와주는 이유식과 같은 책이다.

사마천의 《사기》는 수천 년의 중국 역사를 담았지만, 위인들의 이야기만으로 엮어낸 책이 아니다. 그 안에는 황제黃帝와 같은 전설 속의 인물도 있고, 진시황秦始皇처럼 누구나 알 만한 사람도 있으며, 때로 못된 관리들과 착한 관리들, 외국인, 도굴꾼, 도박꾼까지 다양하다. 《사기》의 편집은 사마천의 역사관과 세계관에 기반한 것이다.

또한 사마천은 이들에 대해 자기만의 평가를 내렸다. 주의해야 할 것은 그 평가가 '사마천의 평가'라는 것이다. 따라서 《사기》를 무작정 읽고 앵무새처럼 그 내용을 외우거나 사마천의 평가에 지나치게 경도傾倒될 필요가 없다. 어떤 인물과 사건에 대한 《사기》의 이야기를 읽고, 그에 대해 사마천과 다른 평가를 내릴 수 있다면 그것도 《사기》를 읽는 좋은 방법이 될 것이라고 생각한다.

《사기》에 실린 130편은 모두 이름이 다르다. 인물들 위주의 기록인 〈본기〉, 〈세가〉, 〈열전〉은 〈진시황본기秦始皇本紀〉, 〈여불위열전呂不韋列傳〉처럼 한 명의 이름이 제목이 되는 경우도 있고, 〈한비노자열전韓非老子列傳〉(한비와 노자의 열전), 〈유림열전儒林列傳〉처럼 두 명 이상의 기록을 담고 있기도 하다.

또한 한 사람의 삶을 이해하기 위해서는 《사기》의 본기, 세가, 열전 등을 동시에 읽을 필요도 있다. 예를 들어, 진시황에 대해서 알고 싶다면 〈진시황본기〉와 〈여불위열전〉, 〈이사열전李斯列傳〉, 〈몽염

열전蒙恬列傳)을 함께 읽어야 하고, 춘추오패春秋五霸(춘추시대 다섯 명의 강력한 패자) 가운데 한 사람인 제환공齊桓公에 대해 알고 싶다면, 〈제태공세가齊太公世家〉와 〈관안열전管晏列傳〉을 함께 읽어야 하며, 공자에 대해 알고 싶다면, 〈공자세가孔子世家〉과 〈중니제자열전仲尼弟子列傳〉을 함께 읽어야 한다.

사마천은 거미줄보다 복잡하게 짜인 인간들의 관계망, 그 속에 더욱 복잡하게 엮인 생각과 신념, 욕심과 갈망이 만들어낸 삶을 이야기하고 있다. 《사기》는 어떻게 살아야 한다고 말하지 않는다. 선하게 산 사람, 악한 마음을 품은 사람, 남을 모함하고 해코지한 사람, 착한 마음으로 남을 도운 사람들의 삶을 이야기하면서 우리에게 생각하게 하고, 우리에게 앞으로 어떻게 살 것인지 고민해보라고 말한다.

《사기》, 옛 이야기가 아닌 오늘 우리의 이야기

《사기》는 중국의 역사를 말할 때 떼어놓고 말하기 어려운 책이다. 그 자체로 '역사의 기록'(史記)이라는 의미를 가진 《사기》는 사마천을 통해 생명을 얻었다. 수천 년을 이어지며 사람들과 만났고, 엇갈린 평가를 받아오면서도 그 중요성만큼은 훼손되지 않았다. 오히려 그 가치는 빛나고 있다.

위대한 역사가로 평가받는 사마천의 《사기》는 중국의 역사만을 말하지 않는다. 인물과 사건, 사마천 자기 자신의 고백까지 포함한 이 책은 사람과 삶에 대한 이야기다.

130권으로 이루어진 《사기》를 한 권으로 이해한다는 것은 결코 쉬운 일이 아니다. 《사기》를 무작정 읽는다고 해서 다 이해가 되는 것도 아니다. 이미 수천 년의 시간을 뛰어넘은 옛사람들의 삶의 흔적과 의미를 찾는 게 간단한 일이 아니기 때문이다.

이 책에서는 《사기》를 쉽게 풀어쓰기보다는, 몇몇 이야기들을 선별하고, 그것들을 시간의 흐름에 따라 나열하고 다시 설명하는 방식으로 이야기를 써나갔다. 이 한 권으로 《사기》를 다 이해할 수 있다고는 말하지 못한다. 이 짧은 책을 통해서 할 수 있는 것은 《사기》가 어떠한 책인지 말하고, 또 《사기》를 읽는 수많은 방법 가운데 몇 가지 방법을 소개할 뿐이다.

다만 나는 《사기》가 고리타분하거나 따분한 책이 아니라 지금도 여전히 우리를 웃고 울게 만드는 이야기라는 걸 말하고 싶었다. 사마천이 듣고 본 이야기들, 옛 문헌들에서 《사기》에 들어갈 소재들을 취사선택하고, 생동감 넘치는 언어로 옛사람들과 그들의 삶을 표현하려고 한 것처럼, 오늘의 언어로 그들의 삶과 이야기를 되짚어보려고 했다.

나는 셀 수 없이 많은 사람이 등장하는 이 책에서 사람들의 삶에 대해 말하고 싶었다. 내가 《사기》를 읽으면 만난 사람들은, 그저 과거에 살다 죽은 위인들이 아니었다. 그들의 삶은 우리의 삶처럼 눈물과 웃음, 기쁨과 절망의 시간들이 그물망처럼 얽혀 만들어진 인간의 이야기다.

《사기》를 읽고 있으면, 책 속의 그들은 더 이상 2천여 년 전에 사라진 사람들이 아니었다. 그들은 나 자신이자 내 친구, 이웃이 되어 나에게 말을 걸었다. 지금, 그들과 함께 나눈 이야기들을 나누고 싶다.

1부

오제五帝의 시대로부터
하夏, 은殷, 주周까지

중국 역사는 어디까지 거슬러 올라갈 수 있을까? 중국인들은 '황제黃帝'(黃帝와 皇帝는 다르다)의 자손이라고 믿는다. 우리가 스스로 '단군檀君'의 자손이라고 생각하는 것처럼 말이다. 중국인들은 중국의 역사가 삼황오제三皇五帝로부터 시작되었다고 믿는데, 사마천은 중국의 역사를 오제로부터 시작했다. 오제는 황제黃帝, 전욱顓頊, 제곡帝嚳, 요堯, 순舜인데, 사마천은 이들의 이야기를 기록한 후, "나는 〔이야기들을〕 순서대로 나열하고, 그 말〔言〕 가운데서 특히 바르고 아름다운 말을 골라, 본기의 첫머리에 둔다"(《사기》〈오제본기五帝本紀〉)고 말했다.

후인들에게 삼황오제의 시기는 전설시대다. 그러나 사마천에게 전설은 거짓이 아니었다. 사마천은 황제와 염제炎帝가 싸움을 벌인 판천阪泉의 들판, 백성과 짐승들까지 평안한 요임금의 치세治世, 눈이 먼 아버지와 계모, 못된 이복동생이 죽을 만큼 괴롭히는 살벌한 가족들 틈에서도 자애로움을 잃지 않고 끝내 왕이 된 순舜의 이야기가 사실이라고 믿었다. 그래서 사마천은 "장로長老들이 각기 황제와 요, 순을 칭송하는 곳에 이르면, 그곳의 풍속과 가르침이 매우 다른 것을 알 수 있다. 〔이야기들을〕 종합해보면, 옛 기록과 다르지 않고 사실에도 가깝다"(《오제본기》)고 말했다.

《사기》가 위대한 역사서임은 틀림없는 사실이지만, 사마천의 글을 무조건 신봉하는 것은 위험하다. 《사기》가 정말 위대한 것은 그가 자기만의 관점을 가지고 집필한 데 있다. 《사기》를 읽으면서 새로운 의미를 부여하고, 나름의 가치 판단을 내리는 것이야말로 진정한 《사기》 공부일 것이다. 전설시대인 오제 시기를 역사로 볼 것인가의 문제는, 단군을 역사로 볼 것인가의 문제와 크게 다르지 않다.

이렇게 오제시대가 끝나고, 하夏시대가 열렸다. 세계사 시간에 마주치게 되는 하夏·상商·주周가 바로 그것이다. 상商나라는 은殷나라로도 쓰이는데, 상나라의 마지막 도읍지가 은허殷墟이기 때문이다. 그래서 사마천은 〈상본기〉가 아니라 〈은본기殷本紀〉라고 제목을 붙였다. '하-상(은)-주'로 이어지는 고대의 역사는 〈하본기〉, 〈은본기〉, 〈주본기〉에 기록되어 있다.

하나라의 시작에서 은왕조의 멸망까지 수백 년의 시간이 흘렀고, 수십 명의 왕들이 있었다. 여기에서는 하나라의 시작을 알린 우禹와 상(은)나라를 파멸로 이끈 주紂의 이야기를 들려주려 한다.

상(은)나라가 멸망한 뒤, 서백 창의 아들인 무왕武王은 형제들, 여러 부족과 힘을 합쳐 상나라를 멸망시키고 '주周'라는 이름의 새로운 왕조를 열었다. 그래서 후인들은 그를 주무왕周武王(주나라 무왕이라는 뜻)이라고 부른다.

B.C. 1046년에 상(은)을 멸망시키고 시작된 주나라의 출발은 그런대로 순조로웠다. 상나라 유민들이 저항하기는 했지만 오래지 않아 안정을 찾았다. 주나라는 혈연에 기초한 봉건제도封建制度를 통해 운영했다. 봉건제는 왕이 제후에게 땅과 통치권을 주는 대신, 제후들은 정기적으로 경제적인 공납을 하고, 주왕실에 대한 군사적

보호라는 의무를 지는 제도였다. 초기, 대부분의 제후는 혈연관계에 따라 정해졌기 때문에 왕은 제후들에게 비교적 강력한 권력을 행사할 수 있었다. 그런데 문제는 이런 혈연관계가 시간이 지나면서 희미해졌다는 데 있다. 왕과 제후의 친밀한 관계는 시간이 지날수록 형식적인 것이 되었고, 주왕실에 대한 제후들의 충성심도 점차 사라지게 되었다.

이러한 문제는 계속 축적되어, 결국 유왕幽王 시기에 이르러 폭발하고 만다. 사마천은 《사기》에서 유왕이 포사褒姒라는 아름다운 여인 때문에 결코 해서는 안 될 장난을 했기 때문이라고 말했다. 예쁘지만 결코 웃지 않았던 포사가 잘못 점등된 봉화 때문에 크게 웃

주나라 유왕과 포사의 일화를 간직한 봉화대. 섬서성 서안시 여산 소재.

자, 유왕이 자발적으로 똑같은 장난을 반복한 사건을 두고 하는 말이다.

'겨우 봉화 하나 때문에?' 이렇게 생각할 수도 있을 것이다. 그러나 봉화를 올리는 것은 중대한 사건이었다. 앞서 말했듯이 제후들에게는 '주왕실을 군사적으로 보호할 의무'가 있었고, 그것을 알리는 수단이 바로 봉화였다. 이런 엄중함을 잊은 유왕은 그 이후에도 장난을 쳐서 제후들의 신임을 잃었고, 제후들은 활활 타오르는 봉화를 보고도 다시는 군사를 움직이지 않았다. 양치기 소년이 된 유왕의 신세는 비참했다. 유왕은 살해되었고, 포사는 적군에 사로잡혔으며, 그의 수많은 보물도 모두 빼앗겼다. 유왕의 아들 평왕平王은 적들을 피해 동쪽인 낙읍洛邑으로 수도를 옮겨야 했다.

역사에서는 유왕이 다스리던 시기를 서주西周(수도인 호경鎬京이 동주의 수도인 낙읍보다 서쪽에 있어서 서주라고 부른다), 그 아들 평왕이 동쪽으로 천도한 시기(B. C. 770년) 이후를 동주東周라고 부른다.

1장
고대의 황금시대
- "다스림은 흐르는 물처럼."

《사기史記》〈하본기夏本紀〉

우禹는 하나라의 첫 번째 왕인데, 그 뿌리를 찾아보면 오제五帝 시기까지 거슬러 올라간다. 황제黃帝가 창의昌意를 낳고, 창의는 전욱顓頊을 낳았으며, 전욱은 곤鯀을 낳고, 곤이 우를 낳았다. 우임금은 황제의 자손인 셈이다. 우의 증조할아버지인 창의와 아버지인 곤은 천자가 되지 못했지만, 우는 훌륭한 이름으로 훗날까지 명성을 얻었다. 사마천은 그들을 어떻게 기록했을까?

요와 순 : 진정한 이로움은 무엇인가?
옛날이나 지금이나 사람들을 괴롭히는 것들이 있다. 질병, 두려움, 죽음 같은 것이 대표적인데, 여기에는 '홍수'도 포함된다. 첨단의 과학기술로 홍수를 예측할 수는 있지만, 여전히 우리는 홍수의 위협에서 자유롭지 못하다. 사람과 가축, 삶의 터전을 삼켜버리는 홍수는 사람들에게 커다란 재앙이었다.

요堯임금 때도 큰 홍수가 일어났다. 홍수는 산과 언덕까지 차올랐고, 사람들은 속수무책으로 바라보고만 있었다. 걱정이 된 요임금은 이 문제를 잘 해결할 수 있는 사람을 수소문하여 순舜을 얻었고, 이어 곤鯀을 얻었다. 순에게는 전국을 다니며 나라를 다스리게 하고, 곤에게는 물길을 다스리는 일을 맡겼다. 그런데 오랜 시간이 지나도 곤이 맡았던 치수사업은 아무런 효과를 얻지 못했다. 순은 책임을 물어 곤을 우산羽山으로 추방했고, 곤은 결국 그곳에서 죽었다.

요임금이 죽자, 어질고 자애로운 요임금의 사위인 순이 요를 이어 왕위에 올랐다. 사위가 왕위를 이었다고? 그렇다. 요가 순에게 왕위를 물려준 것은 요에게 아들이 없었기 때문이 아니다. 요에게는 단주丹朱라는 아들이 있지만, 요가 보기에 단주는 지혜롭지 못한 사람이었다. 훗날 순은 우에게 왕의 역할에 대해 이야기를 나누면서 이렇게 말했다.

단주와 같이 오만해서는 안 됩니다. 그는 방종하고 놀기만 좋아하여, 물이 없는 곳에서도 배를 띄웠습니다. 집 안에서는 친구들과 분수에 넘치도록 행동하니, 결국은 그 세대에 끊어지고 말았습니다. 나는 이런 것들을 그대로 따를 수 없습니다.

– 《사기》〈하본기〉

요는 단지 단주가 아들이라는 이유만으로 그에게 천하를 물려줄 수는 없다고 생각했다. 지혜로운 순에게 제위를 물려주면 천하의 모든 사람에게 득이 되고 단주만 손해를 보게 되지만, 단주가 왕이 되면 그 혼자에게만 득이 될 뿐 다른 사람들에게는 손해가 될 것이 뻔했다. 결국 요는 "천하의 사람들에게 손해를 끼치면서, 한 사람만 이롭게 할 수는 없다"며 큰 결단을 내린다. 요는 아들이 아닌 지혜롭고 자애로운 순에게 제위를 넘겼다. 이렇게 해서 전설의 황금시대인 '요순堯舜'의 시대가 열릴 수 있었다.

위대한 제왕들의 등장과 황금시대를 가능하게 한 것이 바로 선양禪讓이다. 왕들은 이 세상을 사적인 소유로 생각하지 않았고, 자신의 아들에게 천하를 물려주어야 한다는 생각에 갇히지 않았다.

중국의 황금시대로 일컫는 '요순시대'를 이끈 순임금. 산서성 운성시 순제릉 소재.

덕분에 능력 있는 리더의 출현이 가능해졌고, 이것은 찬란한 중국 역사의 서막인 하夏의 탄생을 가능하게 했다.

곤鯀의 치수 : "흙을 덮어 홍수를 막으라."

지혜로움과 자애로움을 인정받아 요를 이어 왕이 되었지만, 순의 지혜로도 홍수는 해결하기 어려운 문제였다. 순임금은 곤의 아들인 우에게 아버지의 못다 이룬 과업을 맡겼다. 우는 아버지가 홍수를 다스리지 못해 추방된 것을 항상 가슴 아파하고 있었다. 우는 아버지의 실패를 되풀이하지 않기 위해, 아버지의 치수방법을 살피고 또 살폈다.

《사기》에는 자세하게 기록되지 않았지만, 다른 기록과 이야기에는 곤의 치수방법이 남아 있다. 전하는 이야기에 따르면 우의 아버지 곤은 넘실대는 강을 보며, 흐르는 물을 흙으로 덮어버리는 방법을 썼다고 한다. 《산해경山海經》이라는 옛 책에 따르면, 물을 덮을 흙이 부족해진 곤은 하늘로 올라가 천제天帝의 보물인 '식양息壤'을 훔치기에 이른다.

식양은 아무리 써도 결코 줄어들지 않는 마법의 흙이다. 그는 넘실대는 강물 위로 식양을 뿌려 물을 땅 속으로 가두려고 생각했다. 프로메테우스가 인간을 위해 불을 훔쳤다면, 곤은 인간을 위해 식양을 훔쳤다. 그의 열정적인 노력 덕분에 거대한 물줄기는 식양에 완전히 덮였고, 그의 치수는 성공한 것처럼 보였다. 그러나 물은 완전히 사라진 게 아니었다. 땅에 갇혔던 물은 폭발적으로 터져서 쌓아둔 흙을 무너뜨리거나, 흙더미 너머로 더욱 거세게 흘러넘쳤다. 물길을 다스리지 못한 곤은 우산에서 끝내 죽음을 맞았다.

우禹의 치수 : "흐르는 물은 흘러가도록 하라."

곤의 아들 우는 아버지가 실패한 원인을 살피고 또 살폈다. 우는 아버지의 실패를 거울 삼아 다른 방법을 택한다. 아버지는 자연의 흐름을 거스르는 방법을 썼지만, 그는 자연의 흐름에 순응하는 전략을 세웠다. 아버지는 물길을 막았지만, 그는 반대로 오히려 물길을 터주었다. 위에서 아래로 끊임없이 흐르는 물의 속성을 잘 이해한 우는 흙을 파서 물길을 만들고, 파낸 흙으로는 산을 만들었다.

우는 아버지 곤이 공을 이루지 못해 죽음에 처해진 사실을 마음 아파했다. 그래서 열심히 일하고 진지하게 고민했다. 그렇게 밖에서 [일하면서] 13년을 보냈는데, 그동안 자기 집 문 앞을 세 번이나 지나면서도 감히 들어가지 않았다. 거친 옷을 입고, 거친 음식을 먹으면서도 신神에게 정성을 다했고, 낡은 집에 살면서도 수로를 파는 데는 비용을 아끼지 않았다. 땅을 다닐 때는 수레를 탔고, 물을 건널 때는 배를 탔으며, 진흙 길 위에서는 썰매를 타고, 산길을 다닐 때는 쇠를 박은 단단한 신발을 신고 다녔다.

─《사기》〈하본기〉

그는 자연의 본성을 거스르지 않는 방법을 고민했다. 그래서 "땅을 다닐 때는 수레를 탔고, 물을 건널 때는 배를 탔으며, 진흙 길 위에서는 썰매를 타고, 산길을 다닐 때는 쇠를 박은 단단한 신발을 신고 다녔다." 뿐만 아니라 우는 홍수 때문에 위험에 처한 사람들을 돕기 위해, 심지어 10년이 넘는 오랜 시간 동안 자기 집 앞을 지나면서도 들어가지 않았다고 전한다. 지금의 관점으로 보면, 가정에는 무심한 남편이자 아버지라고도 할 수 있겠지만, 그가 솔선수범하는 지도자였음은 분명하다.

우는 왼손과 오른손에 공사에 필요한 도구들을 손수 갖고 다니면서 부지런히 일했다. 홍수로 넘쳐났던 세상에는 산과 물길, 낮은 땅과 높은 땅이 생겨났고, 사람들은 농사를 지을 수 있게 되었다. 우는 산길을 만들어 사람들이 다닐 수 있게 했고, 강은 잘 흐를 수 있도록 물길을 깊게 했으며, 저수지에는 모두 제방을 쌓아 사람들이 이용할 수 있게 했다. 그러자 모든 곳이 사람들과 동물들이 살 만한 곳이 되었다.

그는 또한 수확이 많은 지역의 곡식을 식량이 부족한 곳에 나누어주고, 토지는 잘 살펴 등급을 만들어 모두가 받아들일 수 있는 세금제도를 만들었다. 또 특산물을 공납할 때에는 지역에서 생산되는 특산물을 올리는 합당한 공물제도를 운영했다. 사마천은 우의 겸손한 노력을 이렇게 기록했다.

우는 왼손에는 수준기水準器와 먹줄을, 오른손에는 그림쇠〔컴퍼스〕와 곱자〔직각자〕를 들고 일했다. 우는 사계절의 때에 맞추어 아홉 개의 주州를 열고, 아홉 개의 길을 통하게 했다. 둑을 쌓아 아홉 개의 못을 만들고, 아홉 개의 산을 측량하고 살폈다.

신하인 익益에게 명령하여 백성에게 벼를 나누어주게 하고, 낮고 물기가 있는 땅에는 벼를 심게 하였다. 후직后稷에게는 백성이 얻기 어려운 식량을 나누어주게 하였다. 먹을 것이 모자라면, 먹을 것이 남는 지역에서 가져다가 공급해주었다. 이런 방법으로 제후국을 고르게 하였다.

- 《사기》 〈하본기〉

우는 나라 곳곳을 돌아다니며 사람들과 지형을 살폈다. 산을 만들고 물길을 만들자 자연은 더욱 풍요로워졌다. 사람과 동물은 각각 그들이 살 공간을 얻었다. 산은 나무와 꽃을 길렀고, 물은 마실 물과 먹거리를 제공했으며, 땅은 귀한 보물을 품었다. 우는 혼인한 지 사흘 만에 집을 떠나 일을 시작했다. 그사이에 아들 계啓가 태어났지만 돌볼 겨를도 없이 부지런히 일했다. 그의 헌신 덕분에 물길과 산, 나무들은 제자리를 찾을 수 있었다.

하夏의 탄생과 멸망

우의 충직함을 두 눈으로 목격한 순임금은 우를 하늘에 천거하여 자신의 계승자로 삼았다. 10여 년이 지난 후에 순임금이 세상을 떠나, 우는 그 자리를 순의 아들에게 양보하고 양성陽城이라는 곳으로 떠났다. 그러나 세상 사람들이 모두 우를 찾아오자, 결국 그

자연의 흐름에 순응하는 전략으로 치수에 성공한 뒤, 사람들의 뜻에 따라 왕의 자리에 오른 우임금(왼쪽)과 그를 기리는 대우송大禹頌 비석(오른쪽). 섬서성 한성시 대우 사당 소재.

는 사람들의 뜻을 받아들여 왕의 자리에 올랐다.

우는 요와 순이 그랬듯이 천하를 사적인 것으로 생각하여 자기 자식에게 물려주려는 생각을 하지 않았다. 그는 현명하고 신중한 고요皐陶를 하늘에 천거했고, 그가 죽자 능력 있는 신하인 익을 후계자로 하늘에 천거했다. 백성과 그들의 삶에 모든 관심이 가 있던 우임금은 동쪽을 순시하다가 회계會稽에 이르러 세상을 떠나고 만다. 《사기》의 기록에 따르면, 우는 분명 왕이지만 그가 권위적이거나 사치를 부렸다는 내용은 찾아볼 수 없다.

익은 우임금의 후계자로 지목되었지만, 우임금의 아들 계에게 자리를 내주었다. 계는 요임금의 아들 단주와는 달리 지혜로웠다고

전한다. 《사기》에서는 계를 하夏의 계임금이라고 소개한다. 하나라
는 이렇게 탄생했다. 그의 신분이 어떠하든 어질고 지혜로운 사람이
라면 새로운 지도자로 발탁하는 선양禪讓, 그것은 능력 있는 리더의
탄생으로 이어졌고, 중국인들이 그토록 자랑스러워하는 하의 역사
를 연 것이다.

　오랜 시간이 지나자, 우임금의 후손들은 옛 왕들의 성실하던 마
음을 잃었다. 분수에 넘치는 행동을 일삼던 공갑孔甲이 있었고, 무
력으로 백성을 해치고 괴롭힌 걸桀이 있었다. 하나라의 명운은 점
차 희미해졌다.

　공갑孔甲이 제위에 오르자, 그는 귀신에게 제사 지내는 것을 즐겼
고, 분수에 넘치고 난잡한 행동을 일삼았다. 하후씨의 덕이 쇠약
해지자 제후들이 하나라를 배반했다. 하늘이 암컷과 수컷 두 마
리 용을 내려 보냈는데, 공갑은 용을 기르지도 못하고, 용을 기
를 수 있는 환룡씨豢龍氏를 얻을 수도 없었다. (……) 암컷 용이
죽자, 〔요임금의 후손으로 알려진 유루劉累가〕 공갑에게 먹도록
했다. 공갑이 사람을 보내 유루에게 용을 구해오게 하자, 두려워
진 유루는 멀리 떠나버렸다. (……)
걸桀의 시절은 공갑 이래로 제후들이 대부분 하나라를 배반한
상황이었다. 그런데도 걸은 덕행에 힘쓰지 않고, 무력으로 백성
을 해쳤다. 백성은 더 이상 견디지 못했다.

　　　　　　　　　　　　　　　　　　 － 《사기》 〈하본기〉

하늘이 내린 용을 한낱 먹을거리로 생각한 공갑의 방종, 기울어지는 나라를 보고서도 백성을 해치기만 한 오만한 임금 걸. 끝내 사람들의 마음을 잃은 걸은 하나라의 찬란했던 과거를 모두 묻고, 그것을 마감하는 비운의 주인공으로 남게 되었다. 이제 역사는 또 다른 시작을 준비하고 있었다. 은殷나라가 하나라를 대신하여 새로운 시작을 열게 된 것이다.

2장

주紂의 비극
– "나는 천명天命을 받았거늘!"

《사기史記》〈은본기殷本紀〉
《사기史記》〈주본기周本紀〉
《맹자孟子》〈양혜왕梁惠王 하下〉

세상에 운명이 있을까? 하늘이 정해준 것, 바꿀 수 없는 것, 그런 걸 운명이라고 한다면 운명은 있는 듯하다. 나의 선택과 무관하게 내가 이 세상에 태어난 것이나, 인종이나 국가를 선택할 수 없는 걸 운명이라고 한다면 말이다.

그런데 그렇게 얻어진 운명조차 완전히 정해진 건 아니라는 생각이 들기도 한다. 은殷나라의 마지막 왕인 주왕紂王의 삶은, 운명이라는 것은 하늘이 내린 소명召命뿐만 아니라, 개인의 의지와 노력을 포함한 말이라는 것을 알게 한다.

천하는 나의 것

중국의 역사는 하夏, 은殷,[1] 주周로 시작한다. 하나라가 왕조王朝 인지에 대해서는 아직도 논란이 있지만, 상나라를 왕조로 보는 견해에는 이견이 없다. 그런데 중국인들이 자랑스럽게 여기는 상나라는 왜 멸망했을까? 사마천은 상나라의 마지막 제왕인 주왕의 이야기를 펼쳐놓는다.

'망국亡國의 왕'이라는 거대하고 무거운 짐을 짊어진 왕의 운명은 가혹하다. 나라의 멸망이 한 사람만의 탓도 아닌데, 그에게 혹독한 비난과 나쁜 평가가 뒤따르기 때문이다. 하지만 사마천이 들려주는 주왕의 이야기를 듣다 보면, 답답하고 안타까운 마음이 들기도 한다.

주왕은 망해가는 순간에 왕이 된 비운의 주인공이거나, 타고난 능력이 부족한 인물이 아니었다. 《사기》의 기록에 따르면, 주왕은 천부적인 말솜씨와 민첩함, 뛰어난 감각과 다른 사람을 뛰어넘는 재주와 힘을 갖춘 대단한 사람이었다.

주紂는 천부적으로 뛰어난 말솜씨와 민첩함이 있었다. 보고 듣는 감각도 매우 빼어났고, 재능과 힘은 다른 사람을 능가했다. 그는 맨손으로 맹수와 맞설 수 있었다.

－《사기》〈은본기〉

---

1. 상商나라로 부르기도 한다. '은'은 상나라의 마지막 도읍지인 '은허'에서 비롯되었는데, 사마천도 '은나라'라고 부르며 〈은본기〉라고 제목을 붙였다.

그런 그에게 단점이 있었는데, 그것은 스스로의 능력을 과신한 나머지 능력이 부족한 사람들을 무시하고, 술과 아리따운 여인을 좋아한다는 점이었다. 그뿐인가? 자기 욕구를 만족시키기 위해 많은 세금을 거두고, 기이한 동물들을 수집했다. 음악과 미녀에 지나치게 탐닉하던 그는 궁중 악사에게 자신의 욕구를 만족시킬 수 있는 퇴폐적인 음악을 연주하게 했으며, 그 가운데서도 달기妲己를 좋아하여 그녀의 말이라면 무엇이든 들어주었다. 그는 녹대鹿臺(은 나라의 누대)에 돈을 쌓아두고, 창고는 곡식으로 가득 채워 즐겼다. 뿐만 아니라 그는 정원을 넓히고 세상의 온갖 기이하고 아름다운 것들을 채워넣었다. 세상의 아름다운 것들은 그를 위해서만 존재해야 했다.

주의 지혜는 간언을 막을 수 있었고, 그의 말재주로는 잘못을 감출 수도 있었다. 다른 사람들에게 자신의 능력을 자랑하여, 천하에 명성으로 높아지려고 하였고, 모든 사람들은 자기보다 못하다고 생각했다.

술과 음란한 음악을 좋아하였고, 여인들에게 탐닉하였다. 특히 달기를 좋아하여 그녀의 말이라면 모두 다 들어주었다. 그래서 〔음악가인〕 사연師涓에게 북리北里(기녀들이 있던 곳)의 춤과, 퇴폐적인 음악에 어울리는 새로운 곡을 만들게 하였다.

세금을 많이 거두어 녹대鹿臺에 돈을 가득하게 하고, 거교鉅橋(창고)를 넘치게 하였다. 또한 〔기이한〕 개와 말 등을 모아들여 궁실을 가득 채웠을 뿐만 아니라, 사구沙丘('사구'는 지명이다)에 원대苑臺2를 넓혀 기고 나는 짐승들을 많이 얻어 원대에 두었다.

– 《사기》 〈은본기〉

주왕의 생각 속에 백성은 없었다. 욕망만을 추구하는 그의 머릿속에는 퇴폐적인 상상력이 샘솟았다. 술로 채운 연못과 숲을 이룬 고기, 지금까지도 황음무도함의 대명사인 '주지육림酒池肉林'은 바로 그의 시대에 만들어진 놀이터였다. 하늘에 대한 경외심은 도무지 찾아볼 수 없었고, 궁전은 악사樂士와 광대, 아리따운 여인들로 가득했다.

주는 귀신들에게조차 거만했다. 사구에 많은 악공과 광대를 모았다. 술로 연못을 만들고, 〔나무에〕 고기를 걸어놓아 〔고기〕숲을 만들었다. 남자와 여자들이 나체로 그 사이를 서로 쫓고 따르게 하면서, 밤새도록 놀게 했다.

– 《사기》 〈은본기〉

외모부터 말솜씨, 능력까지 어느 것 하나 빠지지 않는 왕이 잘난 척한다는 게 그리 큰 문제는 아닌 것처럼 보이기도 한다. 또한 일단

---

2. 원대는 고대 왕의 전용 정원(숲)이다. 고대에는 왕들을 위한 전용 숲이 있었는데, 왕들의 휴식 공간이자 놀이터였다. 이곳은 다른 곳과 달리 다른 나라에서 보내오거나 모은 기이한 동식물을 모아두었다.

왕이 되면 수십 명에서 많게는 수백 명까지 후궁을 거느릴 수 있기 때문에 달기라는 여인을 좋아하는 것이 크게 비난받을 행동은 아니었다.

하지만 문제는 너무 과하다는 데 있었다. 주왕은 자신의 욕망을 채우는 데 재정이 많이 소모되자 백성의 아우성은 아랑곳 않고 세금을 무겁게 하여 거두어들였다. 주왕의 이러한 행동은 곧 제후들과 백성 사이에 퍼져나갔고, 백성의 원망은 무거운 노래가 되어 망령처럼 떠돌았다.

스스로 기회를 버린 왕

원망의 노래는 백성 사이를 떠돌더니, 제후들 사이에서는 드디어 배반하려는 자들이 생겨났다. 그러나 겸손함을 모르는 주왕은 반성은커녕 오히려 '포격炮格'('포락지형炮烙之刑')이라는 형벌을 만들어 사람들의 입을 다물게 했다. 총명하기는 했지만 잔인한 주왕은 자기에게 반대하는 사람들을 잔혹하게 죽였다. 포격은 불 위에 둥근 구리기둥을 가로로 놓고, 그 위에 기름칠을 한 뒤 죄인들을 건너게 하거나, 사람을 구리기둥에 묶은 후 구리기둥을 서서히 달구어 죽이는 잔혹한 형벌이다.

불에 달구어진 뜨거운 구리기둥, 게다가 기름칠이 되어 있는 미끄러운 구리기둥을 건널 수 있는 방법은 없었다. 죄인들은 몇 걸음 걷지 못하고 아래로 떨어졌고, 아래쪽의 뜨거운 화염은 그들을 삼켰다. 뜨거운 열기, 공포에 찬 죄인들의 눈빛, 화염에 삼켜진 그들

의 고통스러운 비명소리는 주왕의 오락거리였다. 주왕의 웃음소리
만큼 백성과 신하들의 한숨소리는 깊어졌다.

이런 위태로운 상황에서도 은殷왕조가 유지될 수 있었던 것은
주왕의 능력보다는 나라의 존망을 진심으로 걱정한 사람들 덕분이
었다. 이런 면에서 본다면 주왕은 행운아라고 할 만하다. 주왕에게
는 선왕을 섬긴 조이祖伊부터, 곧고 의로운 서백西伯 창昌, 구후九侯,
악후鄂侯 등의 신하, 주왕을 진심으로 아끼는 가족인 형 미자微子
와 왕자 비간比干도 있었다. 한 사람의 인재만 얻어도 천하를 얻을
수 있다고 하는데, 주왕의 주변에는 주왕과 은왕조의 안위를 진심
으로 걱정하는 충신忠臣들이 이처럼 많았다.

아름다운 딸이 있는 구후는 주왕의 마음을 돌이키기 위해, 딸
을 주왕에게 바쳤다. 그러나 곧게 자란 구후의 딸은 퇴폐적인 주왕
의 말을 따르지 않았다. 분노한 주왕은 그녀와 아버지인 구후를 포
를 뜬 후에 소금에 절여 죽였다. 이 참상을 보고 충격을 받아 항의
한 악후의 운명도 구후와 같았다. 서백 창은 항의도 못하고 한숨
을 내쉬었는데 이것 역시 주왕에게 보고되어 그는 끝내 유리羑里에
갇히는 신세가 되었다.

서백 창의 신하들은 주왕에게 미녀와 보물을 바쳐 서백을 구해
낼 수 있었다. 간신히 풀려난 서백은 자신의 땅을 바치면서 포격형
을 없애달라고 청했다. 미녀와 보물, 준마와 드넓은 땅에 신이 난
주왕은 그의 청을 허락했다.

서백은 봉국으로 돌아가 조용히 덕을 베풀면서 선정을 행했다.

제후들은 주왕을 배반하고, 서백에게 몰려가기 시작했다. 훗날 문왕文王으로 추존된 서백 창은 백성의 안위를 먼저 생각했을 뿐만 아니라, 세상의 어떤 보물보다 사람이 더욱 귀하다고 생각한 사람이다. 고죽국孤竹國의 왕자들인 백이伯夷와 숙제叔齊가 고국을 떠나 몸을 의탁하려고 한 사람도 바로 문왕이다.

주왕의 신하들은 각자의 방식으로 진심 어린 충언忠言을 아끼지 않았다. 왕이 모든 것을 결정하는 시대, 말 한 마디 잘못 했다가는 목숨이 위태로울 수도 있지만 그들은 포기하지 않았다. 주왕의 아버지인 을제乙帝를 섬겼던 늙은 신하 조이는 폭군이 된 선왕의 아들 앞에 머리를 조아리며 피를 토하는 심정으로 주왕에게 고했다.

하늘이 우리 은나라의 운명을 끝내고 있습니다. 거북점을 쳤지만 길하다는 것을 알 수 없었습니다. 이것은 선왕들께서 우리 후손들을 돕지 않는 것이 아니라, 오직 왕께서 분에 넘치는 행동을 하고 [백성을] 학대하여 스스로 [천명을] 끊으신 것입니다. 그러니 하늘도 우리를 버리신 것입니다. (……) 이제 왕께서는 어찌 하시겠습니까?

— 《사기》 〈은본기〉

내가 태어나 [왕이 된 것은, 왕이라는] 천명이 하늘에 있기 때문이 아니오?

— 《사기》 〈은본기〉

늙은 신하의 애끊는 충언을 들은 주왕의 대답은 너무나 간단했다. 어차피 자신이 왕이 된 것은 천명 때문이 아니냐는 주왕의 대답에 조이는 아연했다. 그는 눈물을 머금고 뒤돌아서서 탄식하며 말했다.

주왕에게는 [더 이상] 간언할 수 없구나.

- 《사기》 〈은본기〉

왕이 된 것을 천명이라고 생각하는 주왕은 시간이 지나면 지날수록 심각한 음란함에 빠져들었다. 주왕에게 더 이상 희망이 없다고 생각한 주왕의 스승인 태사太師와 소사少師도 떠났지만, 왕자 비간은 주왕을 떠나지 못하고 간언했다. 그러자 주왕은 왕자 비간에게 일곱 개의 구멍이 뚫린 심장으로 그의 충심을 증명하라면서 끝내 그를 죽이고 말았다. 끝내 주왕에 대한 희망을 버리지 못한 사람들은 모두 제명을 다하지 못한 채, 그들의 충심과 사랑만을 남긴 채 삶을 마감했다. 이런 잔혹한 주왕의 광기狂氣에 맞설 수 없었던 주왕

주왕의 횡포가 극에 달하자 통곡을 하며 나라를 떠난 주왕의 형 미자의 무덤 표지석. 산동성 제남시 미자 사당 소재.

의 형 미자는 통곡을 하며 아버지의 나라를, 사랑하는 동생을 떠날 수밖에 없었다.

천명만 믿다가 멸망을 초래한 사나이

잘생기고 힘도 세며 똑똑하던 주왕은 그에게 선물처럼, 행운처럼 주어진 모든 기회를 스스로 무시하고 짓밟았다. 삼키기에 쓴 충언을 물리치기만 하는 그에게 남은 것은 사람들의 원망과 저주, 칼날이었다. 서백 창의 아들인 무왕武王은 주왕의 횡포를 더 이상 견딜 수 없다는 제후들과 힘을 합쳐 군대를 일으켰다. 사실 군대의 규모로만 따지면 주왕이 훨씬 유리한 싸움이었다. 그러나 스스로 천명을 버린 자에게 전쟁은 곧 무덤이었다. 주왕의 병사들은 그를 위해 싸우기는커녕, 무기를 거꾸로 들고 적군들에게 길을 활짝 열어주었다.

주왕은 무왕이 왔다는 소식을 듣고, 병사 칠십만 명을 보내 무왕을 막게 했다. (……)

주왕의 군대는 (그 수가) 많기는 했지만 모두 싸울 마음이 없었고, 마음속으로 무왕이 빨리 들어오기만을 바랐다. 주왕의 군대는 모두 병기兵器를 거꾸로 잡고 싸움에 임하여, 무왕을 위해 길을 열어주었다. 무왕이 빠른 속도로 진격해 오자, 주왕의 병사들은 모두 주왕을 배반하였다. 주왕은 도망쳐서 녹대鹿臺 위로 기어 올라갔다. 보옥이 달린 옷을 걸치고, 스스로 불 속으로 뛰어들어 죽었다.

– 《사기》 〈주본기〉

주무왕은 제후들을 이끌고 주왕을 정벌했다. 주왕 역시 군대를 보내 목야에서 [주무왕을] 막게 했다. 갑자일에 주왕의 군대가 패했다. 주왕은 [궁으로] 도망쳐 들어와 녹대에 올랐다. 보옥이 달린 옷을 입고 불 속으로 뛰어들어 죽었다. 주무왕은 결국 주왕의 머리를 베어 흰 기[白旗]에 매달았고, 달기도 죽였다.

- 《사기》〈은본기〉

주왕은 세상의 미인과 진기한 보물들은 얻었지만, 사람들의 마음은 얻지 못했다. 그는 그렇게 삶을 마감했다. 그가 사람들을 핍박해 거두어들인 돈으로 넘쳐났던 화려한 녹대는 그의 무덤이었다. 끝까지 화려한 보석을 포기하지 못한 그는 보옥이 주렁주렁 달린 옷을 입고 불 속으로 뛰어들었다. 천하를 호령하고, 사람의 생명을 좌지우지하던 그의 목소리는 그의 목과 함께 완전히 잘려버리고 말았다. 흉측하게 잘린 그의 머리는 흰 깃발에 매달려 사람들의 조롱거리가 되었다. 그가 좋아하던 여인 달기도, 술과 고기로 가득하던 연못도 다시는 가질 수 없었다. 무엇보다 소중한 사람들의 마음을 잃어버린 그는 조상 대대로 이어온 왕조를 다시 회복할 수 없는 지경으로 이끌고 간 비운의 주인공이 되었다. 화려한 은殷의 역사는 이것으로 끝이 났다.

군주가 아니라 일개 사내일 뿐

훗날 전국戰國 시기에 이르러 제齊나라 선왕宣王이 맹자에게 물었다. 무왕이 주왕을 쳤다고 하는데 그게 과연 사실이냐고 말이다. 그러자 맹자는 태연하게 그런 기록이 있다고 대답했다. 놀란 제선왕이 신하가 군주를 시해弑害(아랫사람이 윗사람을 살해하는 것)해도 되느냐고 다시 물었다. 맹자는 여전히 태연한 표정으로 대답했다.

어진 사람을 해치는 자를 '적賊'이라고 하고, 의로운 사람을 죽이는 자를 '잔殘'이라고 합니다. 잔적殘賊을 행하는 자를 '일부一夫' 라고 합니다. 저는 한 사내[一夫]를 죽였다는 말은 들었지만, 군주를 시해했다는 말은 듣지 못했습니다.

— 《맹자》 〈양혜왕 하〉

제선왕이 듣고 싶은 이야기는 왕이 아무리 못났다 하더라도, 왕은 어디까지나 천명天命을 받은 사람이므로 함부로 해서는 안 된다는 대답이었을 것이다. 그러나 맹자는 아무리 왕이라 할지라도 그가 '어진 사람을 해치는 자'거나 '의로운 사람을 죽이는 자'라면, 그는 천명을 잃은 사람에 불과하다고 결론을 내렸다. 천명만 믿고 제멋대로 행동한 주왕, 역사에서는 분명히 그를 찬란했던 은의 마지막 왕이라고 기록했지만, 맹자는 천명을 스스로 버린 주왕을 그저 평범한 한 사내라고 말한 것이다.

하늘이 인간에게 내리는 운명은 모두 같지 않을 것이다. 하지만 하늘이 내린 운명은 고정불변한 것이 아니다. 주왕의 비극적인 이야기는 운명을 결정하는 것은 결국 '나' 자신임을 말해준다.

3장

토포착발吐哺捉髮의 주인공 주공
– "저를 대신 벌하소서."

《사기史記》〈주본기周本紀〉
《사기史記》〈노주공세가魯周公世家〉
《논어論語》〈술이述而〉
《논어論語》〈태백泰伯〉

주周나라의 창업부터 수도를 천도하기까지의 수백 년(B. C. 1046~B. C. 770년), 사람들이 서주西周라고 부르는 그 시기에도 수많은 사람이 태어나고, 살다가, 죽었다. 그 많은 사람 가운데, 오랫동안 사람들에게서 사랑받아온 사람이 있다. 비록 왕은 아니지만, 어떤 왕보다 사랑받고 존경받은 사람, 그의 이름은 '주공周公'이다.

지금까지도 성인聖人으로 추앙받는 공자孔子는 이런 말을 했다.

심하구나, 나의 노쇠함이! 오래되었구나, 내가 꿈에서 다시 주공周公을 보지 못한 것이!

– 《논어》〈술이〉

주공은 공자가 가장 사랑하고 존경한 사람이었다. 주공은 공자에게 가장 이상적인 인간, 배우고 따라야 할 사람이었으며, 공자가 꿈에서조차 만나고 싶은 사람이 바로 주공이었다. 주공이 도대체 어떤 사람인지, 궁금하지 않은가?

"대신 저를 벌하소서."

주공의 이야기는 아직 은殷나라가 멸망하기 전, 주왕紂王에게 밉보였다가 미녀와 준마駿馬, 보물을 바치고 간신히 살아난 서백西伯 창昌으로부터 시작된다. 주왕에게 충언을 아끼지 않은 구후와 악후가 잔혹한 죽음을 맞은 후, 유리羑里라는 곳에 갇혀 있다가 간신히 살아난 서백 창은 봉국封國으로 돌아왔다. 그는 학정에 시달리는 백성을 살피면서 사람들이 모르게 선행을 행했는데, 특히 공정한 판결을 하는 것으로 이름이 높았다. 심지어 다른 나라 사람들도 서백에게 와서 판결을 요청할 정도였다.

서백이 사람들 모르게 선행을 행하자, 제후들이 모두 서백에게 와서 공정한 판결을 부탁했다. 우虞와 예芮 사람 사이에 소송이 생겼는데, 해결하지 못하자 주나라로 왔다. 그들이 주나라 경계에 들어서자 경작하는 사람들이 서로 밭의 경계를 양보하고, 〔젊은 사람들이〕 연장자에게 양보하는 모습을 보았다. 우와 예에서 온 사람들은 서백을 만나지도 않았는데, 모두 부끄러워하며 서로에게 말했다.

"우리가 싸우는 것은 주나라 사람들이 수치스럽게 생각하는 것이니, 가서 무엇 하겠는가? 부끄럽기만 할 뿐이네."

그들은 결국 돌아가, 서로에게 양보하고 떠났다.

– 《사기》〈주본기〉

서백은 죽은 뒤 문왕文王이라는 시호諡號(사람이 죽은 다음에 생전의 공적에 따라 붙이는 것)를 받았고, 그의 아들 무왕武王이 그의 뒤를 이었다. 그사이 은나라 주왕의 폭정은 나날이 심해졌다. 주왕의 어리석음과 잔혹함에 대한 소문이 꼬리를 이었다. 왕자 비간을 죽이고 현인賢人인 기자箕子를 감금했다는 소문이 들렸다. 주왕의 학정을 견디지 못한 태사와 소사가 은나라의 악기를 들고 주나라로 도망쳐오자, 주왕을 정벌해야 한다는 목소리는 더욱 높아졌다.

고통에 잠긴 사람들의 신음소리, 간언諫言을 하던 신하들이 줄줄이 목숨을 잃어가는 피의 향연, 주왕이 만든 참담한 현실을 두 눈으로 보고 있으면서도 무왕은 망설였다. 아직 아버지의 삼년상이 끝나지 않았기 때문이다. 그러나 사람들의 고통을 외면할 수 없었던 무왕은 아버지의 삼년상을 채 치르지도 못한 채, 아버지의 위패를 모시고 전투를 감행했다.

고통의 신음소리가 하늘을 찌를 정도였지만, 누구나 무왕의 결정을 찬성한 것은 아니었다. 아무리 좋은 명분이라도 폭력으로 폭력을 막을 수 없다고 말한 고죽국孤竹國의 두 왕자 백이伯夷와 숙제叔齊 형제는 무왕에게 쓴소리를 던졌다. 어떤 명분에도 무력 정벌을

폭군 주왕을 죽이고 은나라를 멸망시킨 주무왕. 섬서성 보계시 염제 사당 소재.

찬성할 수 없었던 그들은 수양산首陽山에서 〈채미가采薇歌〉를 부르며 무왕을 성토했다. 하지만 무왕의 출정은 더 이상 거부할 수 없는 흐름이었다. 그는 제후들과 힘을 합쳐 주왕을 죽이고, 은나라를 멸망시켰다.

무왕이 주왕의 정벌에 너무 힘을 쏟은 탓일까? 다시는 고통스러운 세상을 만들지 않겠다고, 더 나은 세상을 위해 고군분투하던 무왕은 끝내 병이 들고 말았다. 사람의 죽음과 질병 앞에서 과학적이거나 의학적인 사고를 하기보다, 먼저 하늘의 뜻을 헤아린 고대인들은 두려움에 떨었다. 이제야 겨우 나라가 안정을 이루었는데 무왕이 쓰러지다니!

이때 용감하게 나선 사람이 무왕 발發의 동생인 주공周公 단旦이다. 그에게도 뾰족한 재주가 있는 것은 아니었다.

주공은 조상들에게 귀신들을 잘 섬길 수 있는 사람은 무왕이 아니라 바로 주공 자신이라고 말하면서, 축문祝文(귀신들에게 고하는 글)을 올렸다. 그의 마음은 간절했다.

당신들의 원손인 발發이 힘을 다해 병에서 벗어나려고 합니다.
만약 세 분의 왕께서 자식을 하늘에 바쳐 책임을 물어야 하신다
면, 저 단旦이 발을 대신하겠습니다. 단은 민첩하고 능력이 있으
며 재주와 재능이 뛰어나니[다재다예多材多藝], 귀신들을 잘 섬길
수 있습니다.
그런데 발은 저보다 재주와 재능이 뛰어나지 않아, 귀신을 섬길
수 없습니다.

- 《사기》 〈노주공세가〉

주공은 자신의 재주와 재능이 뛰어나 귀신들의 세계에서 조상
들을 잘 섬길 수 있지만, 형은 그렇지 않다고 힘주어 말했다. 이것
은 형의 능력을 비하하는 것이 아니라, 귀신들을 설득하기 위한 협
상이었다. 이런 간절한 기도 후에 점을 치자 길하다는 점서가 나왔
다. 이튿날, 무왕은 병이 나았다.

무왕이 병이 들었다. 천하가 아직 안정되지 않았기 때문에 여러
신하들이 두려워하면서 공경스러운 마음으로 점을 쳤다. 이때
무왕의 동생인 주공周公이 깨끗하게 재계하고 자신이 무왕을 대
신하겠다고 [대신 죽거나 병을 앓겠다고] 기도하자, 무왕의 병세
가 나아졌다.

- 《사기》 〈주본기〉

인재를 위해서라면, 토포착발吐哺捉髮은 당연한 것

시간이 흐르고, 무왕이 세상을 떠났다. 그때 무왕의 아들 성왕成王은 포대기에 싸인 어린아이였다. 갑작스럽게 죽어버린 왕, 아무 것도 모르는 어린 아들, 제왕의 빈자리를 호시탐탐 노리는 무왕의 형제인 여러 삼촌들. 자칫하면 세상이 또 다른 혼란으로 이어질 수 있었다. 이때 과감하게 나선 이가 무왕의 동생이자 성왕의 삼촌인 주공이다.

주공은 포대기에 싸인 성왕을 안고 '섭정攝政'을 단행했다. 섭정은 실제 왕 대신 나서서 정치를 간섭한다는 의미로, 단어 자체가 주는 느낌이 결코 긍정적이거나 가볍지 않다. 과연 주공에 대한 비방들이 떠돌기 시작했다.

주공은 성왕에게 이롭지 않을 거야.

— 《사기》〈노주공세가〉

문왕의 아들이자 주공의 형제, 성왕의 삼촌들은 오직 왕이 되는 데만 관심이 있었다. 그들은 아버지와 형인 무왕이 간신히 만들어 놓은 질서를 허물려고 했다. 주공은 세상의 평화 따위에는 아무런 관심이 없는 이들과 맞서야 했다.

주공은 천하의 평화와 안정을 위해서는 능력 있는 인재의 등용이 무엇보다 필요하다고 생각했다. 좋은 아이디어와 순수하고 충성 스러운 마음을 가진 사람들이 필요했다. 그는 사람들을 널리 불러

어린 성왕을 주공이 잘 보좌하는 모습을 표현한 중국 한나라 화상석畵像石. 주공은 공자뿐만 아니라, 대대로 후인들의 칭송을 받았다.

모았다. 그는 높은 지위와 권세가 있었지만, 인재들 앞에서는 머리를 조아렸다. 그의 장남인 백금伯禽이 노魯나라를 봉지封地로 받아 떠날 때, 그는 이렇게 말했다.

나는 문왕의 아들이고, 무왕의 동생이며, 성왕의 삼촌이다. 〔이것으로 본다면〕 나는 세상에서 천한 사람이 아니다. 〔그러나 나는 인재를 만나기 위해서라면〕 목욕을 하다가도 세 번이나 머리카락을 움켜쥐고 뛰어나왔고, 밥을 먹다가도 먹던 것을 뱉어내고 자리에서 일어나 인재들을 맞이하였다. 〔내가 이렇게 한 것은〕 세상의 현인賢人들을 놓칠까 두려워서였다. 이제 네가 노나라로 떠나게 되었는데, 나라 사람들에게 교만하게 보이지 않도록 신중하거라.

– 《사기》〈노주공세가〉

주공은 자기가 마음만 먹으면 세상의 원하는 것은 다 가질 수 있다는 것을 알았다. 심지어 왕위조차 말이다. 그러나 그는 스스로의 자리를, 무엇보다 스스로의 마음을 정갈하게 지켜냈다. 그는 자신의 부족함을 채워줄 인재들을 기다리고, 자신을 낮추어 겸손한 모습으로 그들을 대했다. 목욕을 하다가도 인재가 찾아왔다는 말을 들으면 머리카락을 움켜쥐고 나오기를 여러 번,[3] 밥을 먹다가도 인재가 찾아왔다는 말을 들으면 먹던 것을 뱉고 사람을 맞으러 나갈 정도였다. 먹던 밥을 뱉는 것은 흉내라도 낼 수 있지만, 목욕하다가 머리카락을 쥐고 뛰어나오는 것은 결코 쉬운 일이 아니다. 인재를 향한 주공의 정성스러움은 '토포착발吐哺捉髮'(먹던 것을 뱉고, 머리카락을 움켜쥐다)이라는 성어成語로 남았다.

다시 한 번, "저를 대신 벌하소서!"

포대기에 누워 있던 어린 성왕이 성장하여 정사에 대해 이해할 수 있게 되자, 주공은 성왕에게 정권을 돌려주었다. 성왕에게 정권을 돌려준 주공은 그야말로 충성스러운 신하의 모습이었다. 정사를 보게 된 성왕이 병들게 되자, 주공은 자기 손톱을 잘라 황하에 던지면서 신에게 기도했다.

> 왕은 아직 어려서 아는 것이 없습니다. 신명神命을 더럽힌 것은 저 단旦입니다.
>
> — 《사기》〈노주공세가〉

---

3. 머리카락을 움켜쥔 이유는 예전의 남성들이 상투를 틀었기 때문이고, '세 번'이라는 표현은 문자적으로 세 번이 아니라 '여러 번'을 의미한다.

손톱을 자른다는 것은 자신의 신체 일부를 바친다는 희생의 의미가 있다. 무왕 때처럼, 그는 성왕을 위해서도 귀신에게 간곡히 글을 써서 부탁했고, 그 덕분인지 성왕도 병이 나았다. 주공은 성장한 성왕에게 정권을 돌려주었지만, 사람들은 성왕 곁에 있는 주공을 비난하고 비방했다. 비난과 모함이 얼마나 거세었던지, 심지어 성왕도 주공을 의심하는 상황에 이르게 된다. 그러자 주공은 그들과 싸우지 않고, 그 자리를 피해 초楚나라로 떠났다.

훗날 성왕은 우연한 기회에, 주공이 자신을 위해 기도한 축문을 읽게 되었다. 그제야 주공의 진심을 읽을 수 있게 된 성왕은 그 마음에 감동하여 눈물을 흘리며 멀리 떠나 있던 주공을 돌아오게 했다. 조국으로 돌아온 주공은 더욱 극진히 성왕을 보필했다. 성왕의 삼촌인 주공은 성왕이 훗날 혹시라도 정사를 처리할 때, 거리낌 없고 방탕해질까 두려웠다. 그는 주왕紂王의 멸망을 두 눈으로 목격한 사람이었다. 하지만 이미 왕이 된 성왕에게 이래라저래라 할 수는 없는 노릇이었다. 주공은 〈다사多士〉라는 글을 써서 자신의 염려와 생각을 남겼다.

탕湯에서 제을帝乙에 이르기까지 제사를 따르고 덕을 밝히지 않는 자가 없었다.

제왕들 가운데 하늘에 부합하지 않는 자도 없었다.

그런데 이어 후사가 된 주왕紂王이 제멋대로 굴고 음란하고 방탕하여, 하늘과 백성이 따르는 것을 돌아보지 않았다.

그 백성은 모두 〔주왕을〕 '죽여도 된다'고 생각했다.

- 《사기》 〈노주공세가〉

성왕에게 주왕의 멸망은 한 번도 겪어보지 못한 생소한 역사였다. 그러나 주공은 똑똑히 기억하고 있었다. '주지육림'을 만들어 즐기고, 포격형(포락형)으로 사람들을 괴롭힌 주왕이 결국 스스로 녹대에서 뛰어내려 죽은 후 그 머리가 잘려 장대에 매달린 끔찍한 사실을, 그것은 혼자만의 죽음이 아니라 한 나라를 멸망시킨 비극이었음을, 수많은 사람을 죽음으로 내몬 끔찍한 사건이었음을 말이다. 그가 죽더라도 후인들이 두고두고 읽으며 잊지 않도록, 주공은 자신의 염려를 글로 남겼다.

주공은 나이가 들어 죽는 순간까지도 성왕을 돕는 신하로 남기를 자처했다. 죽어서도 그는 성왕의 곁에 묻히기를 원하여, 이렇게 말했다.

나를 성주成周(주나라의 수도인 낙양洛陽을 달리 부르는 말)에 묻어, 내가 감히 성왕成王을 떠나지 않겠다는 뜻을 밝혀주시오.

- 《사기》 〈노주공세가〉

주공이 세상을 떠나자 성왕은 겸손히 행동했다. 성왕은 자신을 위해 평생 거짓 없는 마음으로 보좌하기를 게을리 하지 않은 주공을, 신하가 아닌 그 이상의 존재로 생각한다는 점을 분명하게 알렸다. 주공은 어떤 대가도 바라지 않고 나라를 위해 헌신한 사람이었고, 충성스러운 조언자였으며, 마지막까지 글을 남겨 성왕의 앞날을 걱정하고 지지해준 고마운 후원자였다. 성왕은 알았을 것이다. 세상의 훌륭한 현자를 얻기 위해 '토포착발'을 한 주공이지만, 가장 훌륭한 현자는 바로 주공 그 자신이라는 사실을 말이다.

조조曹操도 존경한 주공

《삼국지三國志》의 영웅인 조조曹操의 이름을 들어본 적이 있을 것이다. 후인들에 의해 악하게 묘사되었지만, 그에 대한 변함없는 평가 가운데 하나는 조조가 인재를 무척이나 아끼고 사랑했다는 사실이다. 그가 충성과 의리의 장수 관우關羽를 위해 온갖 재물과 미녀, 적토마를 보내 그의 마음을 사려고 했지만, 그런 재물과 노력으로도 관우의 마음을 얻을 수 없었고, 그를 끝내 유비에게 보내주었다는 일화는 유명하다. 심지어 조조는 자신을 비난한 사람이라도, 그가 진심으로 사죄하면 그를 용서하고 수하로 받아들이기도 했다.

훗날 혼란한 삼국三國을 통일하는 주인공이 될 수 있었던 것은 조조의 지극한 '인재 사랑'에 공을 돌려야 할 것이다. 인재를 사랑한 조조에게 주공은 정신적 멘토였다. 조조는 책을 통해 주공을 만났을 것이다. 주공이 이제 막 시작한 새내기 왕조의 단단한 기반을 마련하기 위해 '인재'를 모으는 데 주력했듯, 조조는 〈단가행短歌行〉이라는 노래를 부르며, 인재를 통한 천하 경영을 꿈꾸었다.

주공이 〔인재를 만나기 위해 먹던〕밥을 뱉자 온 천하의 마음이 그에게로 돌아왔다네.(周公吐哺, 天下歸心)

주나라는 대대로 훌륭한 인물들을 많이 배출했다. 그러나 훗날 주공처럼 유명하고 인기 있는 인물은 드물다. 사람들은 평생 왕이 되지 못한, 누군가의 신하로만 살았던 주공을 사랑하고 그에게 진심 어린 존경을 보낸다. 세상의 그 어떤 것보다 사람을 소중히 생각한 주공, 그 역시 사람들의 마음에 빛나는 별로 남아 있다.

2부

패자覇者들의 전성시대,
춘추시대

하夏에서 은殷으로, 다시 주周나라로 이어지는 사이에 있었던 몇 개의 이야기를 살펴보았다. 황음무도한 주왕紂王의 죽음을 끝으로, 은나라는 역사 속으로 사라졌다. 문왕文王과 무왕武王의 공헌, 주공周公의 헌신에 의해 왕조의 기틀을 세운 주나라는 B. C. 770년에 이르러 수도를 천도해야 하는 비참한 상황에 이르게 된다. 앞서 말했듯이 이는 서주西周 시기의 끝이자, 동주東周의 시작이었다.

수도를 낙읍으로 옮긴 이후, 주왕실의 입지는 좁아지고 입김은 약해졌다. 동주는 주왕실의 힘이 약화되고 주변 제후국의 세력이 강대해지는 시기였다. 주왕실의 상징성은 여전했지만, 아무런 힘을 발휘하지 못했다. 주나라가 제 역할을 해내지 못하자, 강력한 제후들이 나서서 혼란스러운 질서를 바로잡게 된다. 제환공齊桓公을 비롯한 다섯 명의 패자들이 서로 힘을 겨루며 천하의 패권을 차지하는데, 후인들은 이들을 '춘추오패春秋五覇'라고 부른다. '춘추春秋'라는 이름은 공자가 지었다고 알려진 《춘추春秋》라는 책에서 비롯되었다.

제후들이 서로 모여 회의를 하고, 중요한 약속을 하는 것을 회맹會盟이라고 하는데, 패자가 된 제후들은 마치 왕처럼 회의를 소집하고 주도할 수 있었다. 관중管仲을 등용한 제환공齊桓公이 제1대 패자가 되고, 그 후에 진문공晉文公이 패권을 잡았으며, 초장왕楚莊王, 오왕吳王 부차夫差, 월왕越王 구천勾踐이 차례로 패권을 잡아 그들의 힘을 과시했다. 정鄭나라, 노魯나라, 제齊나라, 연燕나라를 비롯한 수많은 나라가 바로 이 시기에 있었다.

　주왕실이 힘이 없기는 했지만, 제후들이 서로의 맹약을 통해 주왕실을 중심으로 하는 위태로운 질서를 힘겹게 지켜내던 시기, 후인들은 이 시기를 춘추시대春秋時代(B.C.770~B.C.453년)라고 부른다.

공자孔子. '춘추春秋'라는 이름은 공자가 지었다고 알려진 《춘추春秋》라는 책에서 비롯되었다. 산동성 곡부시 공자문화원 소재.

4장

관중과 포숙아의 우정
—"괜찮아, 그럴 만한 이유가 있었겠지."

《사기史記》〈관안열전管晏列傳〉
《사기史記》〈제태공세가齊太公世家〉

춘추春秋시대는 주나라의 힘이 약해지고 제후들이 힘을 키워가던 시기였다. 힘을 가진 제후들이 패자覇者가 되고, 그렇지 않은 제후들이 힘의 관계에 따라 굴복해야 하는 시기였지만, 이때도 뜨거운 우정을 나누던 사람이 있었다. 관중管仲과 포숙아鮑叔牙(포숙)가 바로 그 주인공이다.

중국의 고사성어故事成語 가운데는 사귐을 의미하는 표현이 많다. 물과 물고기처럼 친밀한 사귐인 '수어지교水魚之交', 나이를 잊은 사귐인 '망년지교忘年之交', 서로를 위해 기꺼이 목숨을 내줄 수 있다는 의미의 '문경지교刎頸之交', 절굿공이와 절구 같은 관계라는 의미의 '저구지교杵臼之交', 관중과 포숙아의 사귐인 '관포지교管鮑

之交' 등이 대표적이다. 다른 성어들이 다양한 형태의 친구를 묘사하는 포괄적인 설명인 데 반해, 관중과 포숙아는 그들의 사귐 자체가 '성어'로 만들어졌다.

이들이 도대체 어떤 친구였기에 '관포지교'라는 성어로 만들어져 남아 있는 것일까? 그들의 향긋한 이야기가 《사기》에 실려 있다. 사마천은 관중과 포숙아의 이야기를 〈열전列傳〉의 두 번째에 실었다. 이 이야기가 〈백이열전伯夷列傳〉 다음으로 실렸다는 것만으로도 그 의미와 중요성을 짐작할 수 있다. 관중과 포숙아의 우정 이야기는 그들의 어린 시절부터 시작한다.

"괜찮아, 그럴 만한 이유가 있었겠지."

때는 혼란기의 대명사인 춘추시대, 혜성처럼 등장한 위대한 제후가 있었다. 어지러운 춘추시대에 강력한 힘으로 질서를 바로잡은 다섯 명의 패자(그래서 이들을 춘추오패春秋五覇라고 부른다) 가운데 한 사람인 제환공齊桓公(제齊나라 환공桓公을 말한다)이 바로 그 주인공이다.

관중은 제환공을 강력한 패자의 자리까지 오르게 한 사람이고, 나중에는 제후들에 버금가는 재산과 지위를 갖게 되었지만, 그가 어린 시절부터 살아온 과정은 훗날 얻은 영광과 비할 데 없이 초라했다. 관중은 어렸을 때부터 뛰어나서 주위에서 인정과 칭찬을 받은 사람이 아니었다. 그의 소년 시절, 젊은 시절은 오히려 그 반대였다. 관중은 가난했고, 실수와 실패를 밥 먹듯이 하던 사람이었다.

가난하고 실수투성이인 그의 가슴에 여전히 빛바래지 않은 꿈과 재덕이 있다는 것을 알아준 유일한 사람은 친구 포숙아였다. 훗날 제환공을 도와 천하를 호령하게 된 그가 한 진심 어린 고백은 포숙아에 대한 깊은 고마움이다.

처음 내가 곤궁했을 때 포숙鮑叔과 장사를 했는데, 〔장사로 번〕 이익을 나눌 때 내가 더 많이 가졌다. 그런데도 포숙은 나를 탐욕스럽다고 생각하지 않았는데, 내가 가난한 걸 알았기 때문이다.
또 내가 포숙을 위해 일을 계획하다가 오히려 더 곤란한 상황에 빠지게 한 적이 있는데, 포숙이 나를 어리석다고 생각하지 않은 것은, 유리하고 불리한 때가 따로 있다는 것을 알았기 때문이다.
또 내가 군주에게 세 번이나 쓰임을 받았다가, 세 번 다 쫓겨난 적이 있는데 포숙이 나를 못났다고 생각하지 않은 것은 내가 아직 때를 만나지 못했다고 생각했기 때문이다.
내가 세 번이나 전쟁에 나갔다가 세 번 모두 도망쳤는데, 포숙이 나를 겁쟁이라고 생각하지 않은 것은 나에게 늙으신 어머니가 계신 걸 알았기 때문이다.
〔공자 규糾와 소백小白이 왕위를 놓고 다투었을 때, 관중과 소홀 召忽이 지지하던〕 공자 규가 죽자, 소홀은 죽고 나는 붙잡혀 굴욕을 당했다. 그런데도 포숙이 나를 수치도 모르는 사람이라고 여기지 않은 것은, 내가 작은 절개〔를 지키기 못한 것〕에는 부끄러워하지 않지만, 공功을 이루어 세상에 이름을 드러내지 못하는

것을 수치스럽게 생각한다는 것을 알았기 때문이다.

나를 낳아준 이는 부모이고, 나를 알아준 사람은 포자鮑子[4]다.

- 《사기》〈관안열전〉

관중은 가난한 소년이었다. 고달픈 현실에 짓눌린 관중은 이익이 생기면, 눈앞의 작은 이익에 현혹되어 포숙아를 속일 때도 있었다. 아무리 친해도 친구에게 속는다는 건 불쾌한 일이지만, 포숙아는 아마도 그의 가난한 형편 때문일 거라고 생각하고 이해해주었다. 그런 일이 있어도 포숙아는 관중을 예전처럼 잘 대해주었고, 이러쿵저러쿵 따져 묻지 않았다.

관중의 삶을 돌아보면 '실패의 연속'이라고도 말할 수 있다. 관중은 잘난 척하면서 포숙아 대신 한 일을 망쳤고, 기회가 닿아 무려 세 번이나 벼슬살이를 했지만 세 번 모두 쫓겨났다. 해고당한 셈이다. 세 번 채용되었다가 세 번 해고당했다면, 사람들은 "네 실력이 부족한 탓!"이라고 앞다투어 비난했을지 모른다. 하지만 포숙아는 관중이 아직 때를 만나지 못했기 때문이라며 섣부른 비난을 하지 않았다.

관중의 실수는 이뿐만이 아니다. 싸움터에 나간 관중은 세 번 모두 도망쳤는데, 싸움에 나가 이기지도 못한 채 돌아온 관중에게

---

4. '포숙'을 높여 부른 말이다. 공구孔丘를 공자孔子로, 맹가孟軻를 맹자孟子로 부른 것처럼, 성姓과 '자子'를 붙여 부르는 것은 상대방을 한껏 높여 부르는 표현이다. 관중은 친구에게 가장 높은 존칭도 마다하지 않았다.

사람들은 '겁쟁이'라며 야유를 보냈지만 포숙아는 그럴 만한 이유가 있다는 걸 알고 그를 이해해주었다. 포숙아는 관중이 늙으신 어머니를 두고 용맹을 과시할 수 없었을 것이라고 생각하면서, 사람들이 보기에 겁쟁이일 뿐인 친구를 감쌌다.

관중의 실패는 여기에서 그치지 않았다. 당시 제나라를 떠나 노魯나라와 거莒나라에 몸을 피하고 있던 공자 규糾와 소백小白이 후계자 다툼을 하고 있었는데, 관중과 포숙아는 서로 다른 사람을 섬기고 있었다. 관중은 규를 섬기고 포숙아는 소백을 섬기던 상황이었다. 한마디로 '다른 라인'인 셈이다. 어쩌면 관중은 형인 규가 더 유리하다고 생각했는지 모른다. 무조건 왕을 만들어야만 자신의 부귀와 영화가 보장되는 이 게임에 관중은 사활을 걸었다. 하지만 이번에도 행운의 여신은 관중의 편이 아니었다. 규를 왕으로 만들 수만 있다면 어떤 위험도 감수할 수 있었던 관중은 소백에게 활을 쏘아 맞히기까지 했지만, 화살은 소백의 허리띠만 맞혔을 뿐 그에게 치명타를 가하지는 못했다.

상황은 관중에게 불리하게 돌아갔다. 허리띠에 화살을 맞고 살아남은 소백이 제나라의 왕이 된 것이다. 끝내 왕이 되지 못한 공자 규는 죽고 관중과 함께 규를 섬기던 소홀도 죽었으며, 관중은 옥에 갇히게 되었다. 명예를 위해 죽음을 택할 수도 있었지만, 관중은 구차하고 비루하다는 비난을 들으며 홀로 살아남았다. 이쯤 되면 포숙아도 그를 비난할 수 있었을 것이다. 그러나 포숙아는 여전히 옛 친구에 대한 희망, 이유가 있어서 그랬을 거라는 믿음을

관포지교관 내부의 조형물로, 관중이 소백(훗날의 제환공)에게 활을 쏘아 허리띠를 맞히는 모습이 묘사되어 있다. 산동성 치박시 관중기념관 소재.

버리지 않았다. 포숙아는 소백에게 관중을 추천하고, 심지어 자기의 자리를 양보하기까지 했다. 환공은 자신에게 화살을 쏜 관중을 죽이려고 했는데, 이때 포숙아가 나서더니 환공에게 말했다.

신은 다행히도 군君을 섬기게 되었는데, 군께서 결국 자리에 오르셨습니다. 군께서는 존귀한 자리에 오르셨으니, 신은 더 이상 높여드릴 수 없습니다. 군께서 앞으로 제齊나라를 다스리려고 하신다면 고혜高傒와 저 포숙아로 충분할 것입니다. 그런데 군께서 패왕霸王이 되시려고 하신다면, 관이오管夷吾(관중)가 아니면 안될 것입니다. 관이오가 거하는 나라는 부강해질 것이니, 〔그를〕 놓치시면 안 됩니다.

– 《사기》〈제태공세가〉

포숙아는 지금까지 관중이 적당한 시기와 자리를 얻지 못했기 때문이지, 기회를 만나기만 하면 능력을 발휘할 수 있을 테고, 그 능력은 포숙아 자신보다도 뛰어나다고 생각했다. 남을 끌어내리기 위해 온갖 술수와 반칙을 쓰는 것도 마다하지 않았던 때, 포숙아는 관중의 능력을 높이 사고, 그를 기꺼이 환공에게 천거했다.

잘나고 못난 차이는 있어도 포숙아도 사람인데, 그에게 전혀 고민이 없었을까? 포숙아도 인간이기에 고민에 고민을 거듭했을지 모른다. 하지만 포숙아는 더 큰 세상으로 나아가려는 제환공의 꿈을 위해 관중에게 자리를 양보하고, 그보다 낮은 자리에서 제나라를 위해 일했다.

믿음과 선택

이렇게 말할 수도 있을 것이다. 지금은 옛날과는 달라서, 내 것으로 만들지 않으면 네 것이 되는 무한 경쟁의 시대기 때문에 그런 우정은 불가능하다고 말이다. 하지만 관중과 포숙아가 살던 시대는 지금보다 더욱 살벌한 경쟁의 시대였다. 약육강식, 승자독식이 당연한 것으로 받아들여졌고, 한 번의 실수는 '실패'와 동의어가 되던 때였다.

중국 고대의 명재상으로 손꼽히는 관중, 그는 재상이지만 역대의 왕보다 더한 유명세와 위엄을 갖고 있었다. 춘추시대의 위대한 패자 가운데 제환공의 탄생 역시 관중 덕분에 가능했다. 하지만 관중에게 포숙아가 없었더라면, 어쩌면 역사에는 관중도 제환공의

관중기념관과 그 앞의 관중 동상. 관중은 친구 포숙아의 추천으로 제나라 재상에 올라 제나라의 부국강병을 이끌었으며, 제환공을 춘추시대 첫 번째 패자로 만드는 데 큰 역할을 했다. 산동성 치박시 관중기념관 소재.

위엄도 없었을지 모른다. 관중은 "나를 낳아준 사람은 부모지만, 나를 알아준 것은 포숙이다"라고 하며 그 고마움을 잊지 않았다. 포숙아에게 잊을 수 없는 고마움을 가진 사람은 관중만이 아니었다. 당시 사람들은 앞다투어 포숙아를 칭찬했다.

> 포숙은 관중을 [중요한 관직으로] 나아가게 하고, 그 자신은 관
> 중의 아랫자리에 있었다. (……) 세상 사람들은 관중의 현명함을
> 칭찬하지 않고, 포숙의 사람 보는 능력을 칭찬하였다.
>
> — 《사기》 〈관안열전〉

포숙아가 친구에게 보여준 믿음은 역사적 인물의 탄생, 더 나아가 혼란기의 평화로 이어졌다. 끝까지 친구를 믿은 한 사람의 선택이 많은 사람에게 휴식이라는 선물을 가져다준 것이다. 춘추전국시대의 '평화'는 지금 우리가 누리고 있는 평화와는 다르다. 싸움이 벌어지면 집안의 남자들은 생사를 가늠할 수 없는 싸움터로 나가야 했고, 집에 남아 있는 여인과 노인, 어린아이들이 힘겹게 삶을 이어가야만 했다. 남은 자들에게는 살아야 하는 몫과 함께 무거운 세금이 그들의 삶을 짓눌렀다. 웃음조차 잃은 그들의 고된 삶에 평화를 돌려준 것은 재상이 된 관중이었다.

뼈아픈 실패에서 배운 진정한 이해

어쩌면 관중의 성공은 실패투성이었던 그의 삶에서 비롯되었는지도 모른다. 어려서부터 가난했던 관중은 가난의 의미를 알았고 실패의 쓰라림도 알았을 것이다. 장사를 하면서 사람에게 탐욕이 생긴다는 것도 배웠을 테고, 벼슬에서 세 번이나 쫓겨나는 경험을 하면서 치욕과 수모, 패배의 의미를 알았을 것이다. 싸움터에서 도망친 사람들의 자괴감과 한없는 부끄러움을 알았을 것이다. 스스로의 노력에도 불구하고 실패했지만, 이해나 위로가 아닌 비난과 야유, 빈정거림을 경험하면서 때로 삶은 비참하고 비루할 때도 있다는 것을 깨달았을 것이다.

이런 비참함이 그를 의기소침하고 우울하게 만들지 못한 것은 어린 시절부터 '한결같이' 그를 믿어준 포숙아의 공이다. 관중이 부끄럽게 고백했듯이 관중의 삶은 크고 작은 실수와 실패의 연속이었다. 하지만 그를 믿어준 포숙아 덕분에 그는 후인들이 칭찬하고 그리워하는 명재상이 되었다. 재상이 되는 것도 어렵지만, 후세에 두고두고 이름을 날릴 만한 좋은 재상이 되는 일은 더더욱 어려운 법이다.

관중과 포숙아의 이야기는 《사기》〈관안열전〉에 실려 있다. 지금까지도 칭송할 만한 멋진 역사의 탄생은 한 사람의 힘으로 이룰 수 있는 것이 결코 아니었다. 친구의 얕은꾀를 알면서도 이해해준 포숙아, 한때 생각과 입장이 달라 다른 라인에 있던 그를 온전히 믿어준 제환공, 그 믿음에 보답하려고 계산하지 않는 마음으로 능력을 발휘한 관중의 노력이 함께 어우러져 빛을 발한 덕분이다.

이쯤 되면 포숙아를 둔 관중이 무척이나 부러울 것이다. 그들의 우정은 하루아침에 만들어진 것이 아니었다. 때로 친구의 한 마디 칭찬에 우쭐하고, 친구의 핀잔에 화가 나기도 하지만, 그건 어쩌면 어린 시절부터 함께 해온 관중과 포숙아가 겪은 평범한 경험일 수도 있다. 그들은 처음부터 위대한 인물로 태어나지 않았다. 서로에 대한 우정과 믿음 그리고 선택이 그들의 삶을 만들어간 것이다.

5장

제환공의 이야기
— "패자가 되어 세상을 호령했지만."

《사기史記》〈제태공세가齊太公世家〉
《한비자韓非子》〈십과十過〉

포숙아鮑叔牙와 관중管仲의 이야기에 빠질 수 없는 한 사람이 있
다. 춘추 시기에 첫 번째 패자가 된 제환공齊桓公이 바로 그 주인공
이다. 제환공은 관중과 떼려야 뗄 수 없는 사이다. 포숙아가 관중을
있게 했다면, 관중은 위대한 패자 제환공의 탄생을 가능하게 했다.

천하를 호령하는 패자가 되었지만, 그의 죽음은 영화로웠던 삶
과는 비교할 수 없을 정도로 비참했다. 무엇이 그의 삶을 그렇게
만들었을까?

로열패밀리의 집안싸움

'춘추오패'라는 말이 설명하는 것처럼, 제환공(춘추전국시대에 환

공은 한 명이 아니었다. 제나라의 환공은 '제환공', 노나라의 환공은 '노환공'으로 부른다)은 춘추 시기의 인물이다. 강태공姜太公으로 알려진 태공망太公望 여상呂尚으로부터 시작된 제齊는 훗날 큰 나라로 성장했다. 춘추 시기의 제희공에게는 제아諸兒, 소백小白, 규糾라는 아들이 있었다. 제희공은 친아들뿐만 아니라 동생의 아들인 공손무지公孫無知도 사랑하여 태자에 버금가는 대우를 해주었다.

제희공이 죽고 태자인 제아가 제위에 올랐는데, 그가 곧 제양공齊襄公이다. 제양공은 아버지의 아들도 아니면서 과분한 사랑을 받는 사촌 공손무지를 미워하여, 즉위하자마자 그의 녹봉과 의복 등을 삭감했고 공손무지는 양공의 이런 처사에 원한을 품었다. 이런 사소한 일에서 볼 수 있는 것처럼, 제양공은 왕이라는 지위를 자기 마음대로 사용했다. 제양공이 생각하는 왕은 백성을 돌보는 사람이 아니라, 모든 권력을 쥐고 무엇이든 할 수 있는 사람이었다.

제양공이 제위에 오르고 몇 해 되지 않아, 노환공魯桓公이 아내와 함께 제나라를 찾았다. 노환공의 아내는 제양공이 젊었을 때 사랑한 여인인데, 그녀를 만나자 옛 감정이 다시 살아났다. 제양공은 두 나라의 임금이 만나는 위중한 자리라는 것도 잊고 그녀를 몰래 만났고, 결국 노환공에게 들키고 말았다.

자기의 잘못이 드러나는 게 너무나 두려웠던 제양공은 사과가 아닌 끔찍한 방법을 택했다. 노환공을 술에 취하게 만들어 마차에 태운 뒤, 힘이 센 역사力士를 시켜 그의 갈비뼈를 부러뜨려 죽게 만든 것이다. 그에게 반성이나 양심은 쓸모없는 것이었다. 자신이 가진 권력으로 뭐든 할 수 있다고 믿고 오만과 폭력을 일삼던 제양공을 싫어하는 사람들은 점점 많아졌다. 이런 틈을 노린 로열패밀리 공손무지는 제양공을 살해한 후 스스로 제위에 올랐다. 폭력은 또 다른 폭력을 불러오기 마련이다. 왕이 되었다고 으스대며 좋아하던 공손무지 역시 얼마 되지 않아 살해되었다.

왕위를 오래 비워둘 수는 없는 일이었다. 왕위를 계승할 수 있는 가장 적임자는 제희공의 아들이자 제양공의 형제인 소백과 규였다. 사실 소백과 규는 형인 제양공의 폭력적이고 제멋대로인 모습에, 화禍가 자신들에게 미칠까 봐 걱정되어 제나라를 떠나 있던 상태였다. 그들의 걱정과 예상은 적중했고, 그들은 형과 사촌이 비극으로 삶을 마감했다는 슬픈 소식을 듣게 되었다. 그러나 마냥 슬픔에만 잠겨 있을 수는 없었다. 누구든 빨리 제나라로 돌아가 왕위를 이어야 했다. 빨리 도착하는 사람이 곧 왕이 될 터였다.

고난이 가르쳐준 교훈

각각 노魯나라와 거莒나라에 몸을 피하고 있다가 제나라로 향하던 소백과 규는 도중에 마주치게 되었다. 규를 보좌하던 관중('관포지교'의 주인공)은 소백을 향해 화살을 쏘았고, 화살은 명중했다. 규와 관중은 득의하여 마음을 놓고 여유 있게 제나라로 향했고, 그들은 엿새 만에 제나라에 도착했다. 그러나 운명이었을까? 관중이 쏜 화살은 정확하게 소백의 허리띠를 맞혔을 뿐, 소백을 다치게 하지는 못했다. 화살을 빗맞은 소백은 죽은 체하며 땅에 누워 있었고, 그의 대단한 연기력 덕분에 규 일행을 감쪽같이 속일 수 있었다. 규와 관중은 소백이 죽었다고 오해하여 제나라로 돌아가는 여정을 느슨하게 했다. 신이 난 규와 관중이 제나라에 도착했으나, 그때는 이미 소백이 왕으로 세워진 후였다. 소백이 바로 춘추오패의 첫 번째 패자覇者가 된 제환공이다. 규는 살해되었지만, 관중은 포숙아의 만류와 추천으로 끝까지 살아남았다.

관중의 뛰어난 지략과 제환공이 겪은 고통스러운 경험들은 시너지 효과를 내며 제환공이 패자의 자리에 오르는 데 기여하게 된다. 제환공은 폭력과 무지에 의해 빚어진 비극을 보았고, 지독한 권력 싸움에 휘말려 도망 다니는 신세가 되기도 했다. 관중이 쏜 화살을 맞고 죽은 척하며 누워 있어야 하는 비참한 시간도 겪었고, 형제에게 죽음을 강요해야 했다. 이런 비참하고 고통스러운 시간들은 오히려 그를 겸손하게 만들었고, 다른 사람들의 의견을 소중하게 듣는 귀를 갖게 했다. 춘추시대를 주름잡는 패자가 된 비결은 사람들의 이야기를 진지하게 귀담아 들었기 때문이다.

환공은 관중을 얻은 후에 포숙鮑叔, 습붕隰朋, 고혜高傒와 함께 제나라의 정치를 바르게 하였다. 다섯 가구를 묶는 군병제도를 시행했고, 화폐의 사용과 어로漁撈와 제염에서 이익을 얻는 제도를 시행하여 가난한 사람들을 구제했다. 어질고 능력 있는 사람들을 등용하자, 제나라 사람들이 모두 기뻐했다.

－《사기》〈제태공세가〉

제환공. 포숙아의 충언에 자기를 죽이려 한 관중을 등용한 그는 전에 없던 평화와 번영을 이루어냈고, 왕위에 오른 지 7년 만에 패자가 되었다. 섬서성 보계시 염제 사당 소재.

제환공은 자기를 죽이려고 한 관중을 등용하여, 이전에 없던 평화와 번영을 이루어냈고, 왕위에 오른 지 7년 만에 패자가 되었다. 그는 모든 사람들이 행복해하는 나라의 왕이 되었다. 뿐만 아니라 주변에 있는 나라들도 어려움이 닥치면 제환공에게 도움을 청했다. 백성을 위하는 그의 정치, 세상의 질서를 지킬 수 있는 강력한 제환공 뒤에는 그를 진심으로 존중하고 사랑하는 관중과 포숙아가 있었다.

첫 마음을 잃는다는 것

'초지일관初志一貫.' 처음에 세운 뜻을 끝까지 밀고 나간다는 의미의 이 말은 하기는 쉬워도 실천하기는 어렵다. 제위에 오른 지 7년 만에 패자가 되어 천하를 호령했으나, 나이가 들자 그는 서서히 스스로의 능력을 과신하며 오만한 마음이 생겨났다.

그것은 국가적인 큰 일부터 일상에서 일어나는 작은 일에서도 나타났다. 하루는 제환공이 채희와 물에 작은 배를 띄워 물놀이를 했다. 천하에 위엄을 떨치고 있는 제환공이지만, 그에게도 약점이 있었는데 그가 물을 무서워한다는 사실이었다. 제환공과 채희가 탄 작은 배가 흔들거리자 제환공이 놀라고 두려워하는 기색을 보였다. 제환공이 물을 무서워한다는 걸 알게 된 채희는 멈추기는커녕, 장난기가 발동해서 더욱 배를 흔들어댔다. '아, 위엄 있는 패자가 고작 물을 무서워하다니!' 그녀는 장난이었지만, 배에서 내린 제환공은 크게 화를 내며 채희를 친정인 채나라로 돌려보냈다. 고작 뱃놀이 때문에? 그렇다. 안타깝게도 이 이야기는 사실이다.

[환공] 29년, 제환공이 부인인 채희蔡姬와 작은 배를 타고 배 위에서 장난을 쳤다. 물에 익숙한 채희는 [배를 흔들어] 환공을 흔들거리게 했다. 환공은 겁이 나서 채희를 말렸지만 그녀는 멈추지 않았다. 배에서 내린 후, [환공은] 화가 나서 채희를 친정[채나라]으로 돌려보냈다. [이렇게 행동했지만, 제환공의 속마음은] 그녀와 완전히 끝내려는 마음은 아니었다.
[그러자] 채나라에서도 화를 내며 채희를 다른 곳에 시집보내고 말았다. 환공은 이 소식을 듣자 화가 나서, 군사를 일으켜 [채나라를] 쳤다.

- 《사기》 〈제태공세가〉

제환공은 순간적으로 화가 치밀어 채희를 내보냈지만, 시간이 지나면 다시 데려올 생각이었다. 그런데 제환공도 미처 생각하지 못한 게 있었다. 고작 뱃놀이 때문에 아내를 돌려보냈다는 사실을 알게 된 채나라에서도 황당하고 분노했으리라는 사실을 말이다. 분노한 채나라에서는 채희를 다른 곳으로 시집보냈다. 그러자 제환공은 더욱 크게 분노하여 군사를 일으켜 채나라를 짓밟았다.

〔환공〕 30년 봄, 제환공이 제후들을 이끌고 채나라를 치자, 채나라가 무너졌다.

— 《사기》 〈제태공세가〉

고작 뱃놀이 때문에 제환공은 군사를 동원했다. 그는 점점 자신의 힘을 과신했다. 몇 해가 지나 환공은 제후들을 불러 모아 맹약하게 했다. 시간이 지날수록 환공은 점점 오만해졌다. 아무리 능력이 뛰어나도 거만한 사람은 환영받지 못하는 법이다. 제후들 가운데 모반하려는 자들이 점점 많아졌다. 한껏 오만해진 제환공은 때로 그를 패자의 지위에 오르게 해준 관중의 말도 듣지 않으려 했다. 제후들과의 회맹에서 제환공은 이렇게 말했다.

과인은 세 번의 군사동맹과 여섯 번의 평화 동맹을 실행하였다. 아홉 번 제후들을 규합하여 천하를 바로잡았다. 옛날 삼대三代 (하, 은, 주)의 왕들이 〔하늘의〕 명을 받는 것과 이것이 무엇이 다른가? 나는 태산泰山에서 하늘을 받드는 봉奉 제사를 올리고, 양보산梁父山에서 산천을 모시는 선禪 제사를 지내려고 한다.

— 《사기》 〈제태공세가〉

이 말은 제환공이 스스로 한 일이 천명天命을 받은 천자天子의 일과 다르지 않으니, 천자만이 할 수 있는 봉선封禪(하늘과 땅에 지내는 특별한 제사로 천자만 이 제사를 받들 수 있었다) 의식을 행하겠다는 선포였다. 주나라는 아직 멸망하지 않았는데 말이다. 다급해진 사람은 관중이었다. 그는 사력을 다해 제환공을 말렸으나, 제환공은 듣지 않았다. 두뇌가 명석한 관중은, 봉선은 먼 곳에서 진기한 기물이 도착해야 비로소 할 수 있는 것이라고 말했다. 제환공은 그제야 아쉬워하면서 봉선 의식을 포기했다.

관중의 조언과 제환공의 망설임

제위에 오른 지 41년, 패자가 되어 천하를 호령하던 제환공에게 시련이 찾아왔다. 그를 보좌하던 관중이 세상을 떠난 것이다. 때로 관중의 말을 흘려들을 때도 있었지만, 제환공은 관중이야말로 가장 충직한 신하라는 것을 알고 있었다. 관중이 죽기 전 제환공은 관중을 찾았다. 진실한 조언자, 충신의 죽음을 앞둔 제환공이 관중의 뒤를 이을 만한 사람을 물었다. 관중은 자신은 이미 늙었다며, 제환공이 마음에 둔 사람에 대해 듣고 싶다고 말했다. 그러자 환공이 자신의 마음을 말했다.

환공 : 수조竪刁는 어떤가?
관중 : 안 됩니다. 자기 자신을 소중히 아끼는 것이 인지상정입니다. 그런데 군주께서 질투가 심하고 여색을 좋아한다는

소문을 듣자 수조는 스스로 거세한 후, 후궁을 관리하였습니다. 〔자기의 욕심을 위해〕 자신의 몸도 소중히 돌보지 않는 자가 어찌 군주를 아낄 수 있겠습니까?

환공 : 위衛나라의 공자 개방開方은 어떤가?

관중 : 안 됩니다. 제나라와 위나라는 열흘 거리 정도밖에 되지 않습니다. 그런데 개방은 군주를 섬기고 있다는 이유로 십오 년이나 집에 돌아가 부모를 만나지 않았습니다. 이것도 인정에 어긋나는 것입니다. 자기 부모도 돌보지 못하면서 어찌 군주를 모실 수 있겠습니까?

환공 : 그렇다면 역아易牙는 어떤가?

관중 : 안 됩니다. 역아는 군주의 요리사입니다. 군주께서 아직 사람의 고기는 맛보지 못했다고 하자 자기 자식의 머리를 삶아 군주께 바쳤습니다. 〔자신의 욕심을 위해〕 자기 자식을 사랑하는 일조차 잊은 사람이 어찌 군주를 사랑할 수 있겠습니까?

— 《한비자》〈십과〉

제환공이 염두에 두고 물은 사람은 직업과 신분이 달랐지만 공통점이 있었다. 그들은 자신이 원하는 것을 얻기 위해 수단과 방법을 가리지 않는 사람들이었다. 수조는 여색을 좋아하는 제환공을 위해 스스로 환관이 되었고, 개방은 군주를 섬긴다는 이유로 가까이 계신 부모님을 15년이나 찾아보지 않았으며, 요리사인 역아는 심지어 아들을 자신의 손으로 살해하여 군주의 요리상에 올렸다. 이들은 자신의 욕심을 위해서라면 다른 희생쯤이야 아무렇지도 않게 생각하는 사람들이었다. 관중이 생각하기에 그들은 자신만을 위할 뿐 제환공을 위해 자신을 희생할 위인들이 아니었다. 관중이 조목조목 이유를 들어 만류하자, 제환공은 아쉽지만 자신의 생각을 접을 수밖에 없었다. 물론 관중 역시 환공의 의견에 반대만 한 것은 아니다. 관중은 습붕隰朋을 추천하며 이렇게 말했다.

> 습붕의 속마음은 단단하고 겉모습은 예의가 바릅니다. 또한 욕심이 적고 믿음이 두텁습니다.
> 마음이 단단하면 다른 사람의 모범이 될 수 있고, 예의가 바르면 큰일을 맡길 수 있습니다. 욕심이 적으면 윗자리에서 일할 수 있고, 믿음이 두터우면 다른 나라와도 잘 사귈 수가 있습니다. 습붕이야말로 패자를 보좌할 수 있을 것입니다. 군주께서 그를 등용해보십시오!
>
> — 《한비자》 〈십과〉

"그렇게 하겠다."

환공은 관중이 유일하게 추천한 습붕을 등용하겠다고 대답했다. 환공의 대답을 듣고 마음을 놓은 관중은 얼마 후에 세상을 떠났다.

제환공의 외롭고 비참한 죽음

관중이 없는 세상은 달콤한 말들로 넘쳐났다. 수조, 역아, 개방은 앞다투어 아름다운 말과 행동으로 제환공의 마음을 빼앗았다. 아첨은 그들이 가장 잘할 수 있는 일이었다. 관중이 추천한 습붕은 관중과 같은 해에 죽어서, 믿고 맡길 신하가 누구인지 제환공은 도무지 알 수가 없었다. 제환공은 관중이 절대로 안 된다고 말한 세 사람을 등용했고, 관중의 염려대로 이들이 정권을 휘둘렀다.

관중이 세상을 떠난 지 2년, 제환공도 늙고 병이 들었다. 원래 제환공에게는 왕희王姬, 서희徐姬, 채희, 이렇게 세 명의 부인이 있었고, 그 외에도 많은 희첩이 있었다. 안타깝게도 세 부인에게는 아들이 없었고, 다른 희첩들에게서 모두 다섯 명의 아들이 태어났는데 이들은 관중이 죽자마자 자기 파당을 만들어 태자가 되려고 경쟁했다.

관중이 죽은 후, 제환공의 내리막길은 불 보듯 뻔한 것이었다. 한때 제후들 위에 군림하며 천하를 호령하던 패자인 환공의 곁에는 아무도 남아 있지 않았다. 살아 있을 때에는 세상의 모든 것을 다 누렸지만, 늙고 병들자 그는 한낱 필부만도 못한 최후에 직면하게 되었다. 환공은 마실 물도 먹을 음식도 없는 방 안에 갇혀 목마르고 굶주린 채로 죽음을 맞았다.(《한비자》〈십과〉) 살아 있을 때 그는 천하를 호령했으나, 가장 외롭고 비참하게 삶의 마지막 순간을 맞은 사람이었다. 제환공의 비극은 여기에서 끝나지 않았다. 그의 시신은 두 달 이상 거두는 사람이 없어서, 그의 몸에서 생겨난 구더기가 방문 밖으로 기어 나올 정도였다.

환공이 병이 들었을 때, 다섯 명의 공자는 서로 당을 만들어 제
위를 놓고 싸웠다. 환공이 죽자 서로 공격하느라 궁중宮中이 텅
비게 되었다. 죽은 환공은 입관도 할 수 없었다. 환공의 시신은
침상에 67일이나 그대로 있었고, [부패한] 시신에서 구더기가 생
겨 문밖까지 기어 나왔다.

– 《사기》 〈제태공세가〉

형인 제양공의 실패를 두 눈으로 본 젊은 시절의 소백은 고단한
시간을 겪어야 했다. 공자公子(왕자)의 신분에도 다른 나라에 몸을
피해야 했고, 형과 경쟁하다가 죽을 뻔한 적도 있다. 그때마다 누군
가의 도움을 받은 제환공은 누구보다 큰 귀와 관대한 마음을 가
질 수 있었다. 그는 자신에게 화살을 쏜 관중을 기꺼이 받아주었
고, 그의 진심 어린 충고에 귀 기울여 끝내 세상에 위엄을 떨치는
패자가 되었다. 패자가 된 이후에는 점차 초심을 잃었지만, 그에게
조언을 아끼지 않는 관중 덕분에 그의 위엄은 손상되지 않았다. 하
지만 관중의 사후, 그가 비참한 죽음을 맞기까지는 오랜 시간이 걸
리지 않았다.

한비자는 제환공의 이야기를 하면서 "잘못을 저지르고 충신의
말에 귀를 기울이지 않으며, 혼자만의 생각대로 행동하는 것은 명
성을 잃고 남의 비웃음거리가 되는 시작"(《한비자》 〈십과〉)이라고 말

했다. 어쩌면 제환공의 실수는 한비자가 말한 것보다 더 많은 것인지도 모른다. 제나라에 충신이 관중 한 사람뿐이었겠는가? 목표를 위해 수단과 방법을 가리지 않는 사람들을 곁에 둔 제환공은 결국 비극적인 죽음을 맞았다. 그를 진심으로 존중하고 소중히 한 관중이 죽자, 그는 자기 삶조차 지켜내지 못했다. 천하를 호령하던 패자의 죽음이라고 하기엔 너무 안타깝고 슬플 뿐이다.

6장

공자의 이야기
– '집 잃은 개'에서 '성인聖人'으로

《사기史記》〈공자세가孔子世家〉
《사기史記》〈중니제자열전仲尼弟子列傳〉
《사기史記》〈유림열전儒林列傳〉
《논어論語》〈위정爲政〉

후세에 빛난 이름, 공자

사마천의 역사관이 발휘된 것 가운데 하나가 바로 〈공자세가〉다.
원래 〈세가〉란 제후와 왕자들의 이야기, 곧 로열패밀리의 기록이다.
그러나 공자는 로열패밀리가 아니었고, 스스로 왕이 된 적도 없다.
하지만 사마천은 공자가 왕관만 쓰지 않았을 뿐, 왕으로 칭하기에
충분하다고 보았다. 그래서 후인들은 사마천의 이런 견해를 따라
공자를 소왕素王[5]이라 부른다. 그럼 공자는 생전에 왕족王族에 버금
가는 부귀영화를 누렸을까? 그렇지 않다. 오히려 공자는 인생의 많

------

5. 영어로는 관을 쓰지 않은 왕, 곧 'Uncrowned King'이라고 표현한다.

은 시절을 곤궁하게 보냈다. 그러면 사마천은 왜 공자를 〈세가〉에 넣었을까? 그 답은 《사기》에 있다. 《사기》에는 공자와 관련된 기록들이 적지 않다. 공자가 주인공인 〈공자세가〉, 공자의 제자들이 펼치는 학문의 향연인 〈중니제자열전〉, 훗날까지 위대한 족적을 남긴 유자儒者들의 기록인 〈유림열전〉의 중심에는 모두 공자가 있다.

공자는 칠십여 군주를 찾아가 쓰이기를 바랐으나 기회를 얻지 못했다. 공자가 말했다.
"만일 나를 써주는 군주가 있다면, 〔성과를 얻는 데〕 일 년이면 될 것이다." (……)
공자가 죽은 뒤 칠십여 제자는 각각 흩어져 제후들에게 유세하였다. 그 가운데 크게 된 자는 〔제후의〕 사부師傅나 경상卿相이 되었고, 작게 된 자는 사대부의 벗이 되어 가르쳤으며, 어떤 이는 숨어 살면서 나오지 않았다.

– 《사기》 〈유림열전〉

〈유림열전〉의 기록에 의하면, 공자는 생전에 70여 군주를 찾아가 쓰이기를 바랐으나 받아주는 이가 없는 사람이었다. 쉽게 말해 이력서를 무려 70번 이상을 썼는데, 모두 거절당한 비운의 인물인 셈이다. 좌절과 실망의 연속이었을 그의 삶, 실패자라는 비아냥거림도 감수해야 했을 것이다. 그런데 공자는 대체 어떻게 성인聖人이 될 수 있었을까?

고단한 어린 시절

공자께서 말씀하셨다.

"나는 내 나이 열다섯에 학문에 뜻을 세웠고, 서른에 자립하였으며, 마흔이 되어서는 미혹되지 않았고, 쉰에는 천명을 알았다. 예순에는 귀가 순해졌으며, 일흔에는 마음에서 원하는 것을 다해도 법도를 뛰어넘지 않았다."

– 《논어》 〈위정〉

공자의 이 말에서 '이립而立', '불혹不惑', '지천명知天命', '이순耳順' 등의 용어가 유래되었고, 지금까지도 쓰이고 있다. 공자는 열다섯 살에 학문에 뜻을 두었다고 말했다. "역시 성인은 달라!", "공자니까 그런 생각을 했겠지?"라는 생각을 할지도 모른다. 또는 부모님의 대단한 관심과 지도 덕분에 어려서부터 공부에 전념했다고 추측할 수도 있을 것이다. 그러나 실상은 달랐다.

《사기》 〈공자세가〉의 기록에 따르면, 공자의 고향은 노魯나라 창평향昌平鄕 추읍陬邑이다. 귀족 혈통인 숙량흘叔梁紇은 안씨顏氏와 야합野合하여 공자를 낳았다고 전한다. 야합이라고? 그렇다. 그들의 혼인을 '야합'이라고 표현한 것은 공자 부모님의 혼인이 정식 절차를 따르지 않았기 때문이다. 공자 부모의 결합에 대해서는 많은 추측이 보태져 후대에 여러 가지 이야기로 만들어졌다.

사마천은 다만 '야합'이라고만 표현했는데, 《사기》에는 없는 이들의 혼인 이야기는 이렇다.

아버지인 숙량홀은 원래 시씨施氏와 혼인하여 아홉 명의 딸을 낳았다. 이미 딸 아홉을 낳았지만 아들을 간절히 원하던 숙량홀은 다시 아내를 얻어 마침내 아들을 낳았다. 아, 드디어 꿈이 이루어졌다고 좋아했으나 안타깝게도 그 아들은 다리에 병[足疾]이 있었다고 전한다. 실망한 숙량홀은 다시 아내를 얻어 아들을 낳으려고 했다. 이때 그의 나이는 이미 일흔이었다. 아들의 꿈을 포기할 수 없던 숙량홀은 딸 셋이 있던 안씨를 찾아가 간청했다. 안씨의 첫째 딸과 둘째 딸은 모두 거절했지만, 착한 막내딸이 숙량홀의 청을 허락했다. 이것이 사마천이 말한 '야합'에 얽힌 이야기다. 숙량홀과 안

공묘孔廟 대성전大成殿. 역대로 공자에게 제사 지내는 곳을 말하는 공묘는 중국 전역에 많지만 곡부의 공묘가 가장 대표적이다. 대성전은 공묘의 주 건물로 높이 24.8미터, 너비 45.78미터, 깊이 24.89미터에 이른다. 북경 고궁의 태화전太和殿, 대묘의 천황전天貺殿과 함께 중국 3대전으로 꼽는다. 산동성 곡부시 공자 사당 소재.

씨는 니구尼丘라는 곳에서 기도를 한 뒤에 공자를 낳았는데, 니구에서 기도한 효험이 있었던 것일까? 그들은 건강한 사내아이를 얻었고, 그렇게 태어난 아이의 머리는 가운데가 움푹 패여 있어서, 그에게 구丘라는 이름을 붙여주었다.[6]

아들에 대한 꿈을 이룬 숙량흘은 공자가 불과 세 살 때 세상을 떠났다. 숙량흘은 방산防山이라는 곳에 묻혔는데, 어찌 된 일인지 어머니는 아들에게 아버지의 무덤이 어디인지 알려주지 않았다. 어머니 안씨와 공자는 숙량흘의 집에서 제대로 된 대접을 받지 못했을 것이다. 질풍노도疾風怒濤의 시기, 사회적인 대접도 제대로 받지 못하고 어머니와 외롭고 고단하게 지내던 소년 구가 선택한 삶의 길이 바로 배움이었다.

모자가 서로 의지하며 살았지만 어머니마저 세상을 떠나게 되었는데, 그때 공자의 나이 열여섯이었다. 이제 겨우 중학생 정도의 나이가 된 소년에게 닥친 고난과 외로움이 얼마나 컸겠는가? 그런데 더 큰 문제는 어머니의 장례를 치르는 데 있었다. 아버지의 무덤이 어디인지 알지 못한 그는 어머니의 시신을 어디에 모셔야 할지 막막했다.(그 당시에는 부모를 합장해야 했기 때문이다.) 그저 막막하던 소년 공자가 택한 방법은 어머니의 빈소를 당시 노나라에서 가장 번화한 거리에 차리는 것이었다.

---

6. 김용옥,《논어 한글 역주》(1), 통나무, 2010, pp. 117~120.

공자는 어머니가 죽자 오보지구五父之衢에 빈소를 차렸다. 이는 〔부모가 돌아가시면 합장하는 당시의 풍속을 지키기 위해 무덤의 선택을〕 신중하게 하려는 의도였다. 추읍 사람 만보輓父의 어머니가 공자 아버지의 묘소를 알려주자, 비로소 방산에 합장할 수 있었다.

- 《사기》〈공자세가〉

"저의 아버지는 숙량흘입니다. 제 아버지의 묘소가 어디 있는지 알려주십시오."

불과 열여섯에 양친을 잃은 소년, 아버지의 무덤이 어디에 있는지 몰라 어머니의 빈소를 가장 번화한 거리에 차릴 수밖에 없는 소년의 절망과 슬픔을 조금이나마 짐작해볼 수 있다. 그가 학문에 뜻을 두고 이제 막 세상으로 나아가려는 때는 소년 공자가 이 세상에서 철저히 외톨이가 된 시기였다. 그는 생각하고 고민했을 것이다. '그래도 나는 배움을 택할 것이다.' 그가 청소년 시기에 선택한 '배움'[學]은 누구의 강요에 의한 것도, 부귀영화를 위한 것도 아니라 그의 앞에 펼쳐진 수많은 미래의 갈림길 가운데 하나였다.

고독한 삶의 여정

공자에게 가난은 당연한 것이었다. 그는 말단 창고지기부터 가축을 돌보는 일까지 마다하지 않았다. 공자가 회계 일을 하면 장부는 언제나 정확했고, 가축을 돌보면 가축이 번성하고 잘 자랐다고 한다. 그에게 맡겨진 일이 아무리 하찮은 일이라 하더라도 최선을 다했기 때문에, 좋은 결과가 뒤따랐다.

공자는 가난하고 천하였다. 그가 계씨季氏의 말단 창고지기인 위리委吏를 맡은 적이 있다. 그의 저울질은 공평하였고, 그가 직리職吏의 일을 맡고 있을 때 가축은 살찌고 새끼도 많았다. 이 덕분에 그는 공사工事를 담당하는 사공司空이 되었다.

– 《사기》〈공자세가〉

대사구 시절의 공자. 공자에게 예禮와 정치에 대해 묻는 왕은 많았지만, 그를 등용하는 곳은 없어 공자는 쉰 살이 넘어서야 대사구 자리에 오른다.

서른이 되면서부터 공자는 서서히 이름이 알려지기 시작했다. 그에게 예禮와 정치에 대해 묻는 왕들과 대신들이 많아졌다. 그들은 공자의 대답에 기뻐했지만, 정작 그를 써주지는 않았다. 오히려 공자를 비방하는 말들이 늘어갔다. 공자는 용모를 성대하게 꾸미고, 예의법도라는 이름 아래 번거롭고 자질구레한 행동규범만을 중요하게 생각한다는 비난이 뒤따랐다. 군주들은 그를 좋아했으나, 신하들의 거센 반발에 부딪혀 공자는 번번이 뜻을 이루지 못했다.

공자는 관직에 나아가지 못할 때에는 공부를 하고, 책을 읽으며 제자들을 가르쳤다. 그렇게 오랜 세월이 지난 후에 공자에게 드디어 기회가 왔다. 공자가 형벌 등을 관장하는 최고 자리인 대사구大司寇에 오르게 되었는데, 이미 그때 그의 나이는 쉰을 넘었다.

[노나라 정공 9년] 정공定公은 공자를 [노나라의 고을인] 중도中都의 재상[宰]으로 삼았는데, 일년 만에 사방이 모두 공자의 방법을 따랐다. 공자는 중도의 재상에서 사공司空이 되었고, 사공에서 대사구大司寇가 되었다. (……)
[정공 14년] 공자가 정사를 맡은 지 석 달이 지나자 양과 돼지를 파는 사람들이 물건 값을 속이지 않았다. 남녀가 길을 갈 때 따로 걸었고, 길에 물건이 떨어져도 줍지 않았다. 사방에서 읍에 찾아오는 사람들도 관리에게 허가를 받을 필요가 없었고, [노나라에 왔던 사람들은] 모두 만족해서 돌아갔다.

— 《사기》〈공자세가〉

공자가 리더가 되자 노나라에는 즐거운 변화들이 생겼다. 사람들은 양심에 따라 물건을 사고팔았고, 노나라에 찾아오는 여행자들도 마음껏 출입했으며, 또한 노나라에 대해 만족해하며 돌아갔다. 실력자인 공자가 높은 자리에 오르자 마음이 급해진 곳은 노나라와 이웃한 제齊나라였다. 노나라가 패권을 잡기라도 한다면, 인접한 제나라가 가장 먼저 병합될 거라고 생각한 제나라에서는 급히 대책을 내놓았다. 역사상 거의 실패하지 않은 대단한 전술 '미인계'를 말이다.

제나라에서 아무런 이유 없이 80명의 미녀와 120마리의 무늬 있는 아름다운 말을 보내오자, 공자는 받아서는 안 된다며 반대했다. 공자가 단호하게 선을 긋자 노나라의 실권자인 계환자季桓子는 미녀와 말을 당장 받지는 않았지만, 그렇다고 그들을 돌려보내지도 않고 노나라 외곽에 머무르게 했다. 그리고 외곽을 순찰한다는 명목으로 하루 종일 미녀들을 바라보았다. 당연히 정치에는 관심이 없어지고, 공자의 충언에도 점차 짜증이 나기 시작했다. 계환자가 나날이 변해가는 모습을 보자 실망한 제자들은 공자에게 노나라를 떠나자고 말했다. 공자는 망설였다.

아, 이제야 질서가 잡히기 시작했는데……. 조금만 더 하면 강한 나라가 될 수 있는데. 아, 이를 어찌 해야 한단 말인가!

공자는 계환자에 대한 희망을 끝까지 포기하지 않았다. 계환자의 모습을 보며 실망을 거듭하던 공자의 제자들은 스승에게 떠나자고 재촉했다. 그러자 공자는 계환자에게 마지막 희망을 걸고, 교제郊祭에 쓰인 제사고기를 받지 못하면 떠나겠다고 말했다. 마침 노나라에는 교제가 있었는데, 당시의 습속에는 교제가 끝나면 교제에 쓰인 고기를 대부들에게 나누어주는 것이 관례였다. 그러나 계환자는 끝내 제나라의 미녀들을 받아들이고 사흘이나 정사를 돌보지 않았으며, 교제가 끝난 이후에도 고기를 대부들에게 나누어주지 않았다.

훗날 많은 사람은 공자가 고기 한 점 때문에 노나라를 떠났다고 하지만, 여기에는 이렇게 복잡한 이야기가 숨겨 있다. 예를 상징하는 고기 한 점은 계환자에 대한, 노나라에 대한 희망이었다. 계환자에 대한 깊은 절망과 안타까움이 공자를 사로잡았다. 결국 공자는 사랑하는 노나라를 떠나는 수밖에 없었다.

외롭고 힘든 공자의 주유천하

천하를 주유한다는 말은 세계일주를 한다는 말처럼 멋지게 들린다. 그러나 공자에게 천하주유는 대사구라는 높은 직위를 스스로 내려놓고 새로운 군주를 찾아나서야 하는 불안과 기대가 교차하는 여정이었다. 게다가 그의 나이는 이미 쉰여섯이었다. 하루라도 빨리 자신을 써줄 군주를 만나 자신의 뜻을 펼치고 싶다는 생각이 들 때마다 마음이 급해졌다.

노나라를 떠난 그는 위衛나라, 진陳나라, 조曹나라, 송宋나라를 거쳤다. 군주들이 공자를 높게 평가할수록 공자에 대한 비난과 참소는 더욱 커졌다. 그는 그때마다 스스로 그 나라를 떠날 수밖에 없었다. 정鄭나라에 도착하자, 어떤 사람이 공자의 제자인 자공子貢에게 이렇게 말했다.

동문에 어떤 사람이 있는데 그 이마는 요堯임금을 닮았고, 그 목은 고요皐陶를 닮았으며, 그 어깨는 자산子産(춘추시대에 정鄭나라를 부강하게 한 정치가인 공손교)을 닮았습니다. 그런데 허리는 우禹임금보다 세 촌寸이 짧고, 풀 죽은 모습이 마치 집 잃은 개와 같았습니다.

- 《사기》 〈공자세가〉

공자는 자공이 전한 말을 부인하지 않았다. 정말 그랬다. 전설의 위대한 성군 요堯의 풍모와 정자산의 뛰어난 능력을 갖추었지만, 지금은 갈 곳 없어 이리저리 떠돌고 있는 게 공자의 신세였다. 공자가 춘추시대의 수많은 나라를 떠돌던 시기는 20년에 가까운 시간이었다. 그 시간은 공자가 수없이 거절당하고 다시 희망을 품고, 실망 속에서도 자신의 인간다움을 잃지 않으려고 노력한 고독하고도 고통스러운 시기였다.

한편 80명의 미녀 때문에 공자를 떠나보낸 노나라의 계환자는 죽음이 가까워지자 후계자인 아들에게 공자를 초청하라고 말했다. 하지만 계환자의 유언은 신하들의 참소로 이루어지지 못했다. 공자에게 희망은 점점 작아지고 희미해졌다.

남쪽의 초楚나라에서 공자를 초빙하려고 했다. 그러자 초나라에 인접한 진陳나라와 채蔡나라의 대부들에게 비상이 걸렸다. 초나라에서 공자를 등용하면, 진나라와 채나라의 대부들에게 문제가 생길 거라고 판단한 그들은 공자를 죽이려고 시도했다.

진나라와 채나라에서는 군사를 보내 초나라로 가는 공자를 막아섰다. 공자 일행이 겹으로 포위당해 먹을 것마저 떨어진 비참한 상황을 후인들은 '진채지난陳蔡之難'이라고 말한다.

공자는 초나라로 가지 못하고 식량마저 떨어졌다. 따르는 제자들은 굶고 병들어 제대로 일어서지도 못할 정도였다. 그러나 공자는 흐트러짐 없이 강론하고 책도 낭송하고 거문고도 타면서 지냈다. 화가 난 제자 자로子路가 이렇게 따졌다.

"군자도 이렇게 곤궁할 때가 있습니까?"

"군자는 곤궁한 때에도 자신을 지킬 수 있지만, 소인은 함부로 행동하게 된다."

제자인 자공도 얼굴빛이 변했다. 그러자 공자가 말했다.

"사賜(자공)야, 너는 내가 박학다식하다고 생각하느냐?"

"그렇습니다. 아닙니까?"

"아니다. 나는 삶을 한 가지 원칙으로 관통하는 것뿐이다."

— 《사기》〈공자세가〉

공자는 굶주림에 지친 제자들의 화난 모습을 받아주는 수밖에 없었다. 수년간 함께한 제자들이 분노한 모습을 바라보는 공자의 심정이 어땠을까? 그도 결코 마음이 편치는 않았을 것이다. 공자는 화가 나서 씩씩거리는 자로에게 지금 자신들이 당하는 곤란은 자신들이 불의하거나 악해서가 아니라고 말했다. 만약 그랬더라면 백이伯夷나 숙제叔齊와 같은 사람들이 어찌 굶어죽었겠느냐며, 화가 나고 마음이 상한 제자들을 달랬다. 결국 초나라 소왕昭王이 군대를 보내주어, 공자 일행은 어려움에서 벗어날 수 있었다. 그러나 공자를 중용하려고 한 소왕이 세상을 떠나는 바람에 공자의 꿈은 다시 허공으로 흩어졌다.

길고 고단한 길 위에서 그는 많은 것을 배웠다. 자신의 노력만으로 되지 않는다는 것도 알았고, 세상의 많은 일은 개인의 욕심에 의해 어그러진다는 것을 깨달았다. 때로 스스로 옳다고 믿은 것들을 수정해야 하는 순간들도 있었다. 숱한 경험과 배움 속에서 그는 "사사로운 뜻을 갖지 않았고, 꼭 그래야만 한다고 주장하는 것이 없었고, 고집하지 않았고, 자기만 옳다고 우기지 말아야"[7] 한다는 진리를 배웠다.

'집 잃은 개'에서 '성인聖人'이 된 공자

오랜 시간을 길 위에서 보내던 공자는 결국 그가 태어난 노나라로 돌아왔다. 고향으로 돌아왔지만 삶은 더 나아지지 않았다. 그의 제자들은 훌륭한 정치가가 되어 여러 나라에서 활약하고 있었지만, 정작 그는 아무도 불러주는 사람이 없었다. 게다가 공자의 만년에는 그가 가장 사랑하는 제자 안연顏淵을 먼저 떠나보내고 "아, 하늘이 나를 버렸구나!" 하며 통곡했고, 공자를 평생 지킨 자로子

---

7. "子絶四, 毋意, 毋必, 毋固, 毋我." 《논어論語》〈자한子罕〉

路의 죽음을 아프게 견뎌냈다. 그뿐인가, 그의 아들 리鯉도 공자보다 먼저 세상을 떠났다. 공자는 사랑하는 사람들이 자신의 곁을 떠나가는 것을 허망하게 바라볼 수밖에 없었다.

공자의 어린 시절은 외롭고 고단했고, 그의 젊은 시절은 가난하고 천했으며, 그가 명성을 얻은 후에도 그는 근거 없는 비방과 끊임없는 거절에 시달렸다. 그를 뒷받침해줄 가문도 후원자도 없이, 그는 오로지 자신이 배우고 닦아온 삶으로 자신을 증명해야 했다. 공자는 일흔셋의 나이에 세상을 떠났다. 집 잃은, 주인 없는 개처럼 갈 곳이 없어서 헤매던 그에게 영원한 집이 생긴 것이다.

공자의 명성은 사후에 빛났다. 그가 키워낸 제자들은 각자의 자리에서 공자의 가르침을 잘 전수하고 실천했다. 우리가 알고 있는 순자荀子나 맹자孟子는 모두 공자의 먼 제자들이다. 또한 공자와 기쁨과 슬픔, 고난을 함께한 제자들은 스승의 죽음 앞에서 무려 3년의 시간을 온전한 애도의 시간으로 보냈다. 훗날 공자를 사모한 자들이 그의 무덤 곁으로 옮겨 와 산 덕분에 '공리孔里'라는 공자마을까지 생겨났다.

제자들은 모두 삼 년 동안 상복을 입었다. 그들은 마음에서 우러나는 슬픔으로 삼년상을 마치고 서로 이별을 고하고 헤어졌는데, 헤어질 때 다시 통곡하면서 애도했다. 어떤 제자는 더 머무르기도 했는데, 자공子貢은 무덤 옆에 여막廬幕을 짓고 모두 무덤을 지켰으니 6년 동안을 있다가 떠났다.

나중에 공자의 제자들과 노나라 사람들 가운데 공자의 무덤가에 와서 집을 짓고 산 사람이 백여 가구나 되었다. 이 때문에 사람들은 그곳을 '공자 마을'[孔里]이라고 불렀다.

— 《사기》〈공자세가〉

살아 있는 동안 모든 것을 다 누렸으나 죽어서 명예롭지 못한 사람도 있고, 생전에 숱한 고생을 했지만 사후에 빛나는 명성을 얻게 되는 사람도 있다. 어떤 삶이 더 나은 것이라고 말하기 어렵다. 사람마다 삶의 가치관이 다르기 때문이다.

공자는 사후의 명예를 위해 고군분투한 사람이 아니었다. 그는 삶의 마지막 순간까지도 현실에서 자신의 이상과 꿈을 펼치기를 원한 사람이었다. 공자의 위대함은 원하는 것을 손에 넣지 못했을 때조차 단정한 삶의 태도를 잃지 않고 끝까지 자신이 추구한 삶의 길을 성실하게 걸어간 데 있다. 사마천은 가난하고 고단했으며, 때로 비루한 삶을 살았지만 사람들 가슴속에 별로 남은 공자에 대해 이렇게 말했다.

세상에는 군왕으로부터 현인賢人까지 많은 사람이 있었다. 그들은 살아 있을 때에는 영화로웠지만, 죽으면 그것으로 끝이었다. 그러나 공자는 벼슬이 없는 포의布衣의 신세를 벗어나지 못했지만, 십여 대를 지나왔어도 여전히 학자들이 그를 으뜸으로 꼽는다. 천자로부터 왕후, 나라 안에서 육예六藝를 말하는 모든 자들

공자 무덤(맨 위)과 그 옆의 자공여묘처(위). 공자는 20여 년 동안 수많은 나라를 떠돌다 조국인 노魯나라로 돌아와 생을 마감했고, 그의 제자들 중 자공은 무려 6년이나 공자의 무덤 옆에 여막을 짓고 스승의 죽음을 애도했다. 산동성 곡부시 공자 사당 소재.

이 공부자孔夫子에게서 합당함을 찾는다. 지극한 성인이라고 말할 수 있을 것이다!

— 《사기》 〈공자세가〉

오랜 세월을 거듭하면서도 오히려 더 빛나고 새로워지는 이름 '공자'. 사마천은 〈세가〉의 많은 부분을 할애하여 공자의 삶을 자세하게 기록했다. 사후의 명예를 위해서 열심히 현실의 삶을 사는 것은 아니지만, 내게 주어진 삶을 열심히 걸어가다 보면 스스로에게 부끄럽지 않은 삶, 다른 사람에게 빛을 비추어줄 수 있는 의미 있는 삶이 더욱 가까워지는 것인지도 모른다.

3부

전국戰國시대의 종말과
진秦나라의 통일

주周나라가 세워진 이후 낙읍洛邑으로 천도하기까지의 시기를 서주西周라 하고, 천도한 이후의 주나라를 동주東周라 부른다. 주나라 왕실의 힘이 약해질 대로 약해진 시기, 주왕실은 명목상의 이름만 있었을 뿐, 날개 잃은 새와 같았다. 이 시기에 자신의 권력을 과시한 것은 다름 아닌 주왕실에 의해 봉해진 제후들이었다. 그중에서도 가장 강력한 힘을 가진 자들을 패자覇者라고 불렀는데, 패자들은 주왕실을 대신해 당시의 질서를 잡는 역할을 했다. 제후들은 패자들의 소집에 따라 모이고 약속을 맺으며 각자 살 길을 모색했다.

아무리 제후들이 강력한 힘을 가지고 있다 하더라도, 주왕실은 결코 무시할 수 없는 존재였다. 따라서 패자들은 '존왕양이尊王攘夷', 곧 주나라 왕을 높이고 오랑캐를 물리친다는 명분을 내세웠고, 힘없고 작은 나라라 하더라도 주왕실이 봉해준 이상, 그들을 멸망시킬 수 없다는 '계절존망繼絶存亡'의 약속을 지켰다.

그러나 욕망이 극대화되던 그 시기, 사람들은 그 약속을 스스로 저버리고 다른 나라를 공격하고 빼앗았다. 오래된 옛 질서는 스스로를 지킬 힘을 잃었다. B. C. 453년은 춘추시대가 끝나고 '전국戰國' 시대로 접어드는 중요한 해다. '싸움 전戰'이 말해주는 것처럼, 끝없이 싸움을 한 시기인데, B. C. 453년에 역사의 새로운 분기를 만드는 중요한 싸움이 있었다. 주나라에 의해 봉해진 진晉나라가 한韓, 위魏, 조趙로 나뉘게 된 것이다.

진나라가 세 개의 나라로 나뉜 것은 어떤 의미일까? 이것은 내분에 의해 나라가 쪼개졌다는 점에서 중요하다. 주왕실의 허가 없이도 새로운 나라가 세워졌다는 것, 이것은 감히 상상할 수 없었던 일이다. 이렇게 해서 수백 년 동안 이어지던 봉건제도는 역사의 무대에서 사라지고, 피도 눈물도 없는 잔혹한 전국시대의 서막이 올랐다. 이제 세상을 지탱시킬 명분은 '주왕실'이 아니라, 부국강병을 통한 천하의 통일, 자국의 안녕과 번영이었다. 약육강식, 승자독식의 살벌한 시대가 시작된 것이다.

삼가분진三家分晉 조형물. 기원전 453년 진晉나라가 한韓, 위魏, 조趙로 나뉜 삼가분진을 계기로 중국은 전국시대로 접어든다. 산서성 후마시 진국晉國박물관 소재.

피도 눈물도 없는 싸움을 해야 했던 전국시대戰國時代의 명암은 극명했다. 춘추시대春秋時代만 하더라도 크고 작은 나라들은 각자의 역할이 있었지만, 전국시대의 끊임없는 침략과 겸병으로 작은 나라는 더 이상 살아남을 수 없었다. 우리가 잘 알고 있는 '전국칠웅戰國七雄'은 이렇게 해서 탄생했다. 작은 나라들은 멸망하고, 강력한 일곱 개 나라만이 살아남게 된 것이다. 그러나 싸움은 여기에서 멈추지 않았다. 싸워서 빼앗아야만 하는 세상이 되었고, 전쟁은 끊임없이 지속되었다. 이 싸움은 단 하나의 승자가 나올 때까지 멈추지 못할 전쟁이었다. 모든 나라에서 불만과 고통의 신음소리가 흘러나왔다. 싸울 병사들을 길러내고, 그들이 먹을 식량을 내주어야 하는 것은 오로지 백성의 몫이었다. 싸움을 멈추기 위해 싸워야만 한다는 아이러니가 수백 년을 지배했다. 백성과 지도자들, 지식인들은 전쟁 종식과 평화를 부르짖었다.

드디어 이런 분열과 고통의 시기를 끝낸 왕이 등장했다. 그가 바로 전국칠웅 중에서도 강자인 진나라의 왕 진시황秦始皇이다. 사실 진시황이 왕위에 오르기 전에도 진나라는 강력한 법치法治로 나라를 운영해왔다. 그 유명한 상앙商鞅은 진나라의 통치 이념을 제공했고, 일관적인 정치로 강자의 위치를 독점하고 있었다. 진시황을 도와 천하통일의 위업을 이끈 이사李斯 역시 법가 출신의 관료다. 진나라는 다른 나라들이 커지는 것을 막기 위해 그들을 순차적으로 공격하며 힘을 약화시켰고, 결국 전국시대의 질서를 무너뜨리는

데 성공했다.

진나라는 가장 약한 한韓나라를 먼저 공격했고, 이어 조趙나라, 연燕나라, 위魏나라, 초楚나라, 제齊나라가 차례로 무너졌다. 진나라는 엄청난 속도로 다른 나라를 공격하여 무너뜨렸다. 훗날 진시황이 된 진왕秦王 정政이 이들을 무너뜨리는 데는 불과 10년의 시간밖에 걸리지 않았다. 열세 살에 왕위에 올라 서른여덟의 장년이 된 진왕 정은 드디어 꿈에도 그리던 '단 하나의 위대한 제국'의 황제가 되었다.

7장
염파와 인상여의 사귐
─ "비천한 나를 용서해주시오."

《사기史記》〈염파인상여열전廉頗藺相如列傳〉

완벽完璧한 미션

전국 시기는 약육강식, 승자독식의 살벌한 시대였다. 그런데 이 시대에도 삶은 계속되었고 관중과 포숙아만큼이나 뜨거운 우정을 나눈 사람도 있었다. 문경지교刎頸之交, 서로를 위해 목을 벨 수 있다는 의미의 진한 우정을 나눈 두 사람의 이름은 염파廉頗와 인상여藺相如다. 관중과 포숙아가 어릴 때부터 친구인 것과는 달리, 이들은 성인이 되어 숱한 우여곡절을 겪은 후에 우정을 맺었다는 점에서 다르다.

진秦나라의 눈치를 봐야 하는 조趙나라에 염파라는 유명한 장군과, 무현繆賢이라는 사람의 가신家臣으로 있던 무명의 인상여가 있었다. 눈만 뜨면 치열한 싸움이 벌어지던 시대, 피도 눈물도 없는 전국 시기에, 큰 나라는 시빗거리를 찾아 작은 나라를 공격하려 했고 작은 나라는 큰 나라의 비위를 건드리지 않으려고 노력했다.

어느 날, 작은 조나라에 큰 행운이 찾아왔다. 조나라가 당대의 보물인 화씨벽和氏璧을 얻게 된 것이다. 화씨벽으로 말할 것 같으면, 그 빛이 영롱할 뿐만 아니라 여름에 가까이 두면 시원한 기운이 나오고 겨울에는 따뜻한 열을 반사해서 화로도 필요 없다는 천하의 보물이었다. 보물을 얻은 조왕의 웃음이 가시기도 전에 강대국인 진나라에서 화씨벽을 요구했다. 물론, 그냥 달라는 건 아니고 성城 열다섯 개와 바꾸자는 파격적인 제안이었지만, 조나라는 진정성이 보이지 않는 진나라의 제안을 순수하게 받아들일 수가 없었다.

받아들이기도 거절하기도 어려운 난처한 상황에서, 사신으로 추천된 사람은 인상여였다. 왕과 신하들은 이름도 처음 들어보는 생소한 인물의 등장에 반신반의했지만, 자칫 목숨을 잃을 수도 있는 위급한 상황에서 무작정 반대만 할 수도 없는 노릇이었다. 무엇보다 발 벗고 나서는 사람이 없는 상황에서 인상여의 발탁은 최선이 아닌 차선이나 궁여지책이었을 것이다. 인상여를 만난 뒤에도 이것저것 물으며 반신반의하는 조왕에게 인상여는 유명한 말을 남긴다.

대왕께서 보낼 사람이 없으실 테니, 신이 화씨벽을 받들어 사신으로 가겠습니다. 성이 조나라 손에 들어오면 화씨벽을 진나라에 두고 오겠지만, 만약 성이 들어오지 않는다면 화씨벽을 온전하게 보호하여 조나라로 가지고 오겠습니다[완벽귀조完璧歸趙].

— 《사기》 〈염파인상여열전〉

인상여는 만약 이번 외교에서 열다섯 개의 성을 얻지 못한다면, 화씨벽을 온전하게 보존하여 조나라로 돌아오겠다고 약속했다. 인상여가 조왕에게 한 자신감 넘치는 마지막 말은 '완벽귀조完璧歸趙'라는 고사성어로 남겨졌다. 우리가 자주 쓰는 '완벽하다!'라는 감탄은 바로 인상여의 대답에서 비롯되었다. 목숨이 아까워 아무도 선뜻 나서지 않는 미션 앞에서 인상여는 진정성이 담긴 약속을 했고, 그의 진지함에 조왕은 두말없이 인상여에게 화씨벽을 들려 보냈다.

인상여가 도착해보니 진나라의 상황은 조왕과 신하들이 예상하던 대로였다. 진왕은 일국의 사신인 인상여를 무성의하게 접대하는 한편, 나라의 보물인 화씨벽을 비빈들에게 보여주며 환호했다. 화씨벽만 갖고 성은 주지 않으려는 속셈을 알아차린 인상여는 당황하지 않고 진왕 앞으로 나아가 진지하게 말했다.

화씨벽에도 하자가 있는데, 왕께 그것을 보여드리겠습니다.

— 《사기》 〈염파인상여열전〉

"화씨벽에 하자가 있다고? 천하의 보물에 흠이라니?"

인상여가 말한 '옥벽의 흠'을 의미하는 '하자瑕疵'는 지금도 문제나 흠 따위의 의미로 사용되는데, '하자'라는 말 역시 인상여의 대담한 말에서 비롯되었다. 보물에 흠이 있다는 얘기를 들은 진왕이 얼마나 놀랐겠는가? 함박웃음을 짓던 진왕은 얼른 인상여에게 화씨벽을 돌려주며 흠이 어디 있느냐고 물었다. 진왕이 건넨 보물을 받아든 인상여는 갑자기 표정을 바꾸더니 벽을 등지고 섰다. 그는 처음부터 성을 줄 마음도 없으면서 거짓으로 화씨벽을 가로채려는 진왕과 신하들을 꾸짖더니, 약속을 지키지 않으면 화씨벽을 머리에 깨뜨려서 죽겠다고 소리쳤다.

대국의 통치자인 진왕에게 작은 나라의 사신 하나 죽는 것쯤은 아무것도 아니겠지만, 그는 화씨벽 때문에 마음이 다급해져서 인상여가 원하는 것이라면 뭐든 들어주겠다고 덜컥 약속을 해버렸다. 그러자 인상여는 조왕이 보물인 화씨벽을 보내기 위해 무려 닷새나 목욕재계를 했다고 말하면서, 진왕에게도 똑같이 닷새의 목욕재계를 요구했다.

'작은 나라의 일개 사신이 감히?'

진왕은 인상여의 요구에 부아가 치밀었지만, 화씨벽에 욕심이 난 그는 인상여의 말을 따를 수밖에 없었다.

한편 닷새의 시간을 번 인상여는 수행원을 시켜 화씨벽을 조나라로 빼돌렸다. 닷새가 지나 인상여에게 화씨벽을 요구하자 그는 이미 조나라로 보냈다고 태연하게 대답했다. 이어 고작 화씨벽 하나를 주고 성 열다섯 개를 받을 수는 없다며, 약속을 어긴 자신에

인상여 무덤. 인상여는 탁월한 외교술로 강대국인 진秦나라로부터 조나라의 보물 화씨벽을 지켜냄으로써 무명의 가신에서 상대부 자리에 오른다. 산서성 신풍현 소재.

게 탕확湯鑊의 벌을 내려달라고 청했다. 탕확이란 커다란 솥에 사람을 끓여 죽이는 고대의 잔인한 형벌이다. 약속을 어겼으니 어떤 끔찍한 형벌도 달게 받겠다는 인상여의 말을 듣자, 진왕은 그를 죽여 외교문제를 만드느니 차라리 살려두는 것이 낫다고 판단하여, 그를 빈객으로 잘 대우한 후 조나라로 돌려보냈다.

인상여는 그가 조왕에게 약속한 대로 화씨벽을 온전히 조나라로 가져왔다. 이 일로 무명이었던 일개 가신은 나라의 보물을 구한 스타가 되었을 뿐만 아니라, 대부大夫 가운데서도 가장 높은 상대부上大夫의 자리에 올랐다.

두려움 없는 용기

진나라와 조나라의 평화 시기는 오래가지 않았다. 몇 년 후, 진나라가 조나라에게 평화협정을 빌미로 회합을 요청했는데, 여기에는 복잡한 계산이 깔려 있었다. 조왕은 두려워하며 가고 싶어 하지 않았지만, 만약 가지 않으면 겁쟁이 취급을 받을 거라는 염파와 인상여의 말을 따라 회합 장소로 떠났다. 만약을 대비해서 염파는 조나라에 남아 지키고, 인상여는 왕을 수행했다. 용맹한 장군 염파는 조왕과 인상여를 배웅하면서 이렇게 말했다.

왕의 행차는 회합의 예를 마치고 돌아오는 시간까지 계산해보면 30일이 넘지 않을 것입니다. 30일이 되었는데도 [왕께서] 돌아오지 않으신다면, 태자를 왕으로 세워서 진나라가 [조나라에 대해 품고 있는] 야망을 끊게 해주시기를 바랍니다.

– 《사기》 〈염파인상여열전〉

이번 회합에 큰 일이 날 수도 있으니, 후속대책을 마련하라고 왕에게 허락을 구하는 염파의 마음이 어땠을까? 또 이것을 허락하는 왕의 마음과 그를 직접 수행해야 하는 인상여의 마음은 얼마나 두려웠을까? 살벌한 평화회합은 염파, 인상여, 조왕 모두에게 무거운 자리였을 것이다.

지난번 인상여에게 호되게 당한 적이 있는 진왕은 만반의 준비를 다해 회합 자리에서 조왕을 제압하려고 했다. 진왕과 그 신하들은 조왕에게 거문고를 타보라고 요구하는가 하면, 진왕의 장수를 빌어 주는 의미에서 열다섯 개의 성을 선물로 받고 싶다고 말했다.

별것 아닌 듯한 요구지만, 사실 이것은 매우 무례한 요청이었다. 왕에게 악기 연주를 부탁한 것은 약소국인 조나라의 왕을 악사樂 士 정도의 수준으로 비하하며 무시하는 처사였지만, 겁에 질린 조 왕은 이 요구를 들어줄 수밖에 없었다. 그러자 미처 악기를 준비하 지 못한 인상여는 진왕에게 뒤엎은 항아리를 내밀며 분부盆缶(항 아리를 엎어놓고 두드려서 소리를 내는 악기) 연주를 요구했다. 진왕이 거절하자, 그는 지금 이 자리에서 자신의 목을 찔러 피로 물들이겠 다며 진왕을 압박했다. 진왕은 마지못해 분부를 한 번 두드리는 것 으로 연주하는 흉내를 내는 수밖에 없었다. 그런데도 진나라는 포 기하지 않았다.

> 진나라 군신들 : 조나라의 성 열다섯 개를 선물로 주어, 진왕秦王 의 장수를 빌어주십시오.
> 조나라 인상여 : 〔좋습니다! 우리는 열다섯 개까지는 요구하지 않겠습니다. 단 하나만 요구하겠습니다.〕 진나 라의 수도 함양咸陽을 선물로 주어 조왕趙王의 장수를 빌어주십시오.
> – 《사기》〈염파인상여열전〉

진나라 군신君臣들이 요청한 열다섯 개의 성에 대해, 인상여는 열다섯 개를 줄 테니 대신 '단 하나'의 도시, 진나라 수도인 함양을 달라고 맞섰다. 상황이 이 지경이 되자 진왕과 신하들은 도무지 조나라를 제압할 수도 협박할 수도 없었다. 진왕과 진나라 신하들은 할 말을 잃었을 것이다. 결국 살벌한 평화회담은 잃은 것도 얻은 것도 없이 마무리되었다.

조왕의 기분이 어땠을까? 죽을지도 모른다고 생각한 회합에서 인상여의 활약을 두 눈으로 목격하고, 무사히 돌아올 수 있게 된 조왕은 인상여를 추켜세워 상경上卿의 자리에 오르게 했다. 그것은 심지어 염파 장군보다도 더 높은 지위였다. 나라가 위기에 처했을 때마다 기지와 용기를 발휘하여 위기에서 벗어나게 해준 인상여에 대한 믿음과 고마움의 표현이었을 것이다.

"흥! 혀만 놀리는 주제에!"

다시 되찾은 나라의 안정에도 불구하고 마음이 편치 않은 한 사람이 있었다. 그는 인상여가 왕을 수행했을 때, 남아서 나라를 지킨 장군 염파였다. 수많은 전쟁터를 누비며 눈부신 공을 세운 그였지만, 자신의 마음에서 솟아오르는 질투와 분노를 도무지 억누를 수 없었다. 그는 스스로에게, 또 다른 사람들에게 이렇게 말했다.

"나는 조나라 장수가 되어, 〔다른 나라의〕 성과 들을 공격하여 전쟁에서 큰 공을 세웠다. 그런데 인상여는 혀만 놀렸는데도 이토록 영화를 누리는 데다, 지위는 나보다도 높다. 인상여는 원래 〔출신과 배경이] 비천한 사람인데, [그의 아랫자리에 있다니] 나는 너무 부끄럽다. 그보다 아래에 있는 것을 도무지 참을 수가 없다."

그러면서 [사람들에게] 선언하여 말했다.

"만나기만 해봐라. 내가 망신을 줄 테다!"

– 《사기》〈염파인상여열전〉

질투에 눈이 멀어버린 염파 장군은 인신공격까지 하며 그를 비난했다. 인상여가 별 볼 일 없는 가문 출신이라는 것까지 들먹이며 분풀이와 복수를 다짐했다. 분노와 질투에 휩싸인 염파는 장수로서의 위엄도 잊고 오직 인상여를 망신시킬 기회만을 엿보고 있었다.

염파가 공공연하게 떠들고 다닌 복수 이야기는 드디어 인상여의 귀에까지 들어갔다. 그런데 어찌 된 일인지 인상여는 마주칠 상황을 피할 뿐, 아무런 반응을 보이지 않았다. 염파와 같은 장소에서 조회라도 하려고 하면 병을 핑계로 자리에 나가지도 않았고, 심지어 길에서 마주치면 수레를 끌고 피해서 숨어버렸다. 염파는 쾌재를 불렀을 것이다.

'그럼 그렇지! 천한 너 따위가!'

하지만 인상여의 가신들은 염파보다 지위가 높은 인상여가 하는 행동을 도무지 이해할 수 없었다. 주인의 행동을 도무지 이해할 수 없었던 인상여의 가신들은 드디어 인상여에게 통보했다.

신들이 가족과 친척을 버리고 어르신을 섬기는 것은, 다만 어르신의 높으신 의로움을 사모하기 때문입니다. 지금 어르신과 염파 장군은 동렬同列입니다. 염파 장군이 공공연히 악담을 선언하는 데도, 어르신께서는 두려워하여 숨으시고, 심히 무서워하기까지 하고 있습니다. 보통 사람들도 이런 일을 부끄럽게 생각하는데, 하물며 장군과 재상들은 어떻겠습니까! 못난 저희들은 이제 그만 내려놓고 떠나겠습니다.

— 《사기》〈염파인상여열전〉

물론 그들이 스스로 못났다는 생각을 하지는 않았을 테고, 인상여를 떠나고 싶은 마음은 더더욱 없었을 것이다. 그들의 강경한 발언은 이제 염파 장군 앞에서 소심한 행동은 그만 하고 뭔가 강력한 행동을 보여주라는 무언의 압박이었다. 그러자 인상여는 떠나겠다고 으름장을 놓은 사람들을 만류하며 말했다.

"그대들은 염장군과 진왕 가운데 누가 더 무섭습니까?"
"염장군이 진왕보다 덜합니다."
"진왕의 위세에도 나 상여는 진왕의 조정에서 그를 꾸짖고 그의 신하들을 욕보였습니다. 내가 아무리 못났다고 하더라도 어찌 염파 장군만을 두려워하겠습니까? 곰곰이 생각해보면 강한 진나라가 감히 우리 조나라에 군사를 일으키지 못하는 것은, 우리 두 사람이 있기 때문입니다. 지금 우리 두 호랑이가 싸우면, 모두 살 수 없게 됩니다. 내가 이렇게 하는 것은 나라의 위급함을 우선순

위에 두고, 개인의 사적인 복수는 뒤로하기 때문입니다."

— 《사기》 〈염파인상여열전〉

소란을 피우던 사람들은 할 말을 잃었을 것이다. 인상여의 후광에 힘입어 어깨를 펴고 다니던 그들은 고개를 숙여 부끄러움에 붉게 달아오르는 얼굴빛을 감추어야 했을 것이다.

목숨을 두고 맹세한 우정

고개를 숙인 사람은 가신들만이 아니었다. 발 없는 말이 천리를 간다는 속담처럼, 인상여의 진심 어린 대답은 금세 염파에게까지 전해졌다. 전장戰場에서 한 번 물러섬 없이 군대를 지휘하고 호령하던 맹장猛將 염파는 스스로가 부끄러워서 참을 수가 없었다. 염파는 어깨를 드러낸 채 가시나무 채찍을 등에 지고 인상여의 집 문 앞에 이르러 부끄러움의 사죄를 했다.

비천한 인간이 장군께서 이토록 마음이 넓으신지 알지 못했소.

— 《사기》 〈염파인상여열전〉

염파의 진정성이 느껴지는 사과를 받은 인상여는 기뻐했다. 이제야 염파 장군이 자신의 마음을 알아준 것이다. 인상여는 가시가 박힌 거친 회초리를 짊어지고 온 염파 장군에게 그의 소원대로 회초리를 쳤을까? 사마천은 그들이 화해를 했다고만 기록했다. 아마도 인상여는 어깨를 드러낸 채 무릎을 꿇은 천하의 용맹한 장군인 염파를 일으켜 세우고, 염파는 다시 진심 어린 사죄를 했을 것이다. 그날 그들은 '문경지교刎頸之交'를 맺고 친구가 되었다. 친구를 위해 칼로 목을 그을 수 있다는, 곧 죽음만이 그들을 갈라놓을 수 있다는 깊은 우정을 맺었다.

나라의 평화를 지킨다는 소중한 목적을 이루기 위해 모욕을 참아낸 인상여의 인품과 의지도 대단하지만, 자기가 한 행동이 얼마나 부끄러운 일인지 깨달은 염파 장군이 한 말과 행동도 결코 쉬운 일이 아니다. 우리는 경험을 통해 알고 있다. 마음 깊은 곳에서 끌어올려진 '미안해' 한마디가 입 밖으로 나오는 것이 얼마나 어려운 일인지를 말이다.

염파 장군이 어깨를 드러냈다는 것은 단순히 어깨가 드러나는 옷을 입었다는 의미가 아니다. 당시 어깨와 같은 신체를 드러내는 것은 수치스러운 일로, 고귀한 신분이나 일반인이 할 수 있는 게 아니었다. 염파의 행동은, 당신 앞에서 나는 더러운 노예와 같은 천한 사람일 뿐이라고, 크게 잘못한 나를 벌해도 좋다는 표현이었다.

입장을 바꾸어서 생각해보면, 염파의 사죄가 얼마나 어려운 행동이었는지 가늠할 수 있다. 만약 친구 앞에서 무릎을 꿇어야 할 상황이 온다면? 아마도 자존심이 도무지 허락하지 않을 것이다. 게다가 염파 스스로 천한 집안 출신이라며 무시하던 인상여 앞에 무릎을 꿇는다는 건 상상할 수 없을 정도의 커다란 용기다.

인상여의 지혜와 관대함은 염파가 스스로 자존심을 버리게 만들었다. 자존심을 버린 염파는 2천 년이 지나도 빛바래지 않는 진정한 용자勇者로서의 명예를 얻었다. 염파와 인상여에게 이런 시련이 없었더라면, 그들은 향기 나는 사람이 아니라 그저 싸움을 잘한 장군, 외교에 능숙한 관리로 남았을 것이다. 잘난 사람, 똑똑한 사람은 세상에 많다. 하지만 인상여가 그랬듯, 역할과 장점은 모두 다르다. 서로 다른 별빛들이 아름다운 밤하늘을 만들고, 서로의 다름을 인정하는 것들이 모여 진정한 어울림이 된다. 혼자만 잘난 척해서는 나도 남도 빛나지 않는다. 내가 사는 세상이 무인도가 아닌 이상 말이다.

8장
한비자와 이사의 조각난 우정
– "꼴도 보기 싫은 놈, 너만 없다면!"

《사기史記》〈맹자순경열전孟子荀卿列傳〉
《사기史記》〈노자한비열전老子韓非列傳〉
《사기史記》〈이사열전李斯列傳〉
《한비자韓非子》〈오두五蠹〉
《한비자韓非子》〈세난說難〉

암흑 속에서 빛나는 슈퍼스타들

중국의 고대 철학가들을 대거 배출한 춘추전국春秋戰國시대. 왕과 제후들은 서로 피도 눈물도 없는 싸움을 벌였다. 이런 복잡한 세상은 평화를 갈망하는 소박한 염원을 낳게 하고, 더 나은 삶을 살기 위한 고민으로 이어졌다. 흔히 말하는 '제자백가諸子百家'는 바로 이 시대의 철학가들과 그들의 철학을 말하는 것이다. 암흑의 세상이 낳은 슈퍼스타들인 셈이다.

더 나은 세상을 향한 갈망은 같았지만, 어떻게 그 세상을 만들 것인가에 대한 생각은 조금씩 달랐다. 어떤 이들은 전쟁을 통해 전쟁을 종식시켜야 한다고 말했고, 어떤 이들은 카리스마 넘치는 지도자를 통해서 가능하다고 말하기도 했다. 또 지금 당장 무기를 내려놓고 화해와 평화의 방법을 찾아야 한다고 주장한 사람들도 있고 적은 형벌과 교육으로 이 어려움을 이겨내야 한다고 생각한 사람들도 있었다. 이들은 서로 상대방의 주장을 비판하기도 하고 수용하기도 하면서 서로 발전했다.

이 시기에 활약한 순자荀子(이름은 순경荀卿이다)는 공자孔子와 맹자孟子의 사상을 이었는데, 단순히 그들의 사상과 철학을 이어받은 것이 아니라, 그들을 비판하는 동시에 다른 학설들의 장점을 취하여 자신만의 독창적인 사상을 만들었다.

> 순경荀卿은 혼탁한 세상의 정치와 나라가 망하고 군주들이 서로 어지럽히고 서로를 복종시키며, 대도大道는 따르지 않고, 무축巫祝(남녀 무속인)에 좌지우지되고 기이한 조짐들을 믿는 것을 미워했다. (……) 그래서 유가儒家와 묵가墨家, 도가道家의 〔일들 가운데〕 흥하고 흥한 것을 헤아려, 차례대로 정리하여 수만 자의 글을 써서 남기고 죽었다.
>
> － 《사기》 〈맹자순경열전〉

순자는 부단히 연구하면서 자신의 생각을 체계적으로 다듬는 동시에, 훌륭한 제자들을 길러냈다. 치열한 연구와 고민의 결과 그는 맹자가 주장하는 '성선설性善說'을 비판하고, 인간의 본성은 본래 악하다는 '성악설性惡說'을 주장했다. 그의 생각과 철학은 오늘

날까지도 큰 영향을 미치고 있다.

세기의 라이벌, 한비와 이사

순자의 제자들 가운데 가장 빼어난 두 명이 바로 한비韓非(한비자韓非子)와 이사李斯다. 한비는 한韓나라 사람이고 이사는 초楚나라 출신인데, 그들은 배움을 위해 순자를 찾았고 함께 배우는 사이가 되었다. 비상한 두뇌를 가지고 있던 이 둘은 좋은 친구이자 라이벌이었다. '막상막하', '난형난제'라는 말로 설명할 수 있을 만큼 이들은 앞서거니 뒤서거니 하며 그들의 배움을 이어갔다. 한비와 이사 모두 대단한 천재들이기는 했지만, 평민 출신인 이사는 한나라 공자公子(왕자라고 이해하면 된다)인 한비에게 묘한 열등감을

한비(왼쪽)와 이사(오른쪽). 순자의 제자로 동문수학한 두 사람은 좋은 친구이자 라이벌이었다.

갖고 있었다. 평민 출신인 이사 자신과는 달리, 한비는 출신 배경
도 좋았다.

> 한비韓非는 한韓나라의 공자公子 가운데 한 사람이다. (······)
> 한비는 말을 더듬어서 말을 잘하거나 유세에 능하지는 못했지만,
> 글을 매우 잘 썼다. 그는 이사李斯와 함께 순경荀卿(순자)을 모시
> 고 공부했는데, 이사는 자기가 한비보다 못하다고 생각했다.
>
> — 《사기》〈노자한비열전〉

　순자에게 배운 후, 그들은 각기 자신의 길을 찾아 떠났다. 한비
는 고국인 한나라로 갔지만, 초나라 출신의 이사는 집으로 돌아가
도 승산이 없다고 생각하여 당시 떠오르는 강자强者 진왕秦王을 찾
아갔다.

　한비는 조국인 한나라가 나날이 쇠약해지는 것을 보고 마음이
아파, 한왕韓王에게 간언諫言을 올렸다. 그러나 한왕은 선천적으로
말을 더듬는 한비의 말을 끝까지 듣지도 않고 그의 의견을 무시했
다. 세상이 사분오열四分五裂된 것도 모자라 나라들은 서로 호시탐
탐 노리고 있는데, 한왕은 천하태평이었다. 한왕은 망국亡國의 왕
이 늘 그러했듯, 훌륭한 인재는 거들떠보지도 않고 그에게 아첨을
일삼는 무능한 간신배들을 윗자리에 앉혔다. 타고난 말더듬이로
한왕에게 유세조차 제대로 할 수 없었던 한비가 할 수 있는 유일
한 일은 깊은 한숨 속에서 끝없이 글을 쓰는 것뿐이었다.

사람을 설득시키는 것이 결코 쉬운 일이 아님을 깊이 깨달은 그는 '유세의 어려움'이라는 의미의 〈세난說難〉이라는 글을 썼다. 이 글은 지금도 《사기》와 《한비자》에 남아 있는 한비의 명작이다.

한비는 많은 지식을 배우고 익히는 것보다 더 중요한 것이 있다고 생각했다. 그것은 유세시킬 대상의 마음을 읽는 것이다. 군주의 마음을 얻어 신뢰받는 신하가 된 후에야, 비로소 진심을 말할 수 있다는 것이다.

유세하는 사람이 힘써야 할 것은, 유세하는 대상의 높이 살 만한 부분을 잘 꾸며주고, 그 추한 부분은 없애주는 것이다. 그가 어떤 계획을 지혜롭게 생각할 때에는, [그 계획의] 실수를 지적하여 그를 궁지로 몰지 않아야 한다. 그가 스스로의 과단성을 용맹하다고 여길 때에는, 그를 대적하여 화나게 하지 말아야 한다. 그가 스스로의 능력을 자랑할 때에는, 그를 비판해서 그의 기가 눌리게 하지 말아야 한다. (……)

용이라는 동물은 잘 길들이기만 하면 탈 수도 있다. 그런데 그 아래 목에 한 척 정도의 역린逆鱗(거꾸로 난 비늘)이 있는데, 누군가가 그것을 건드리면 반드시 그 사람을 죽인다. 군주도 역린이 있다. 유세하는 사람이 군주의 역린을 건드리지 않아야 [성공적인 유세에] 가까울 것이다.

― 《한비자》 〈세난〉, 《사기》 〈노자한비열전〉

어쩌면 나라의 안위는 돌보지도 않고, 아첨꾼들의 아첨에만 귀가 열려 있었던 한왕에게 아첨보다 충언忠言을 했다가 끝내 쓰임받지 못한 자신의 아픈 경험과 성찰에서 만들어졌기에 사람들의 마음을 흔드는 글이 되었는지도 모른다. 또한 한비는 유가儒家의 학설은 시대에 맞지 않는 뒤떨어지는 낡은 학문이라고 비판하면서, 새로운 시대에는 시대에 걸맞은 새로운 학문이 있어야 한다고 주장했다.

상고上古시대에는 사람이 적고 새와 짐승이 많았다. 사람들은 새·짐승·벌레·뱀과 경쟁해서 이길 수 없었다. 그런데 어떤 성인이 나무를 쌓아 집을 만들어 짐승들로부터 해를 받지 않도록 했다. 그러자 사람들은 그를 좋아하여 왕으로 삼고 유소씨有巢氏라고 불렀다.

백성은 나무열매와 풀씨, 조개를 먹었는데 날것으로 먹다가 뱃병을 많이 앓았다. 그러자 어떤 성인이 부싯돌로 불을 만들어 [익힌 음식을 먹게 하여, 날것의] 비린내를 없애주었다. 백성이 그를 좋아하여 왕으로 삼고 그를 수인씨燧人氏라고 불렀다. (……)

만약 하후씨夏后氏의 시대에 나무로 집을 짓거나 부싯돌로 불을 만드는 사람이 있다면 곤鯀과 우禹에게 비웃음을 당했을 것이다. (……) 그렇기 때문에 성인은 꼭 옛것만을 따르려고 하지 않고, 일정한 법만을 지키려고 하지 않으며 시대의 상황에 어울리는 대책을 세우는 것이다.

송宋나라에 밭갈이하는 사람이 있었다. 밭 가운데 나무 그루터기가 있었는데 토끼가 도망가다가 나무에 걸려 목이 부러져 죽고 말았다. 그렇게 해서 토끼를 얻은 농부는 쟁기를 버리고, 나무 그루터기만을 지키며 다시 토끼를 얻기를 기다렸다. 그러나 토끼는 다시 얻을 수 없었고, 그는 송나라의 웃음거리가 되었다. 지금 [옛날] 선왕의 정치로 지금의 백성을 다스리려고 하는 것은 나무 그루터기를 지키던 송나라 농부와 같은 사람들이다.

– 《한비자》〈오두五蠹〉

상고上古시대[8]의 방법이 중고中古시대에 맞을 수 없듯이, 고대의 방법이 오늘날의 현실에 맞을 수 없다고 주장하면서, 조목조목 예를 들어 비판했다. 시대의 흐름을 정확히 파악하면서 내세우는 정확한 논리, 어려운 말로 과대포장하지 않은 간결하고도 명확한 논조는 한비 문장의 특징이다. 게다가 지금까지 전하는 '수주대토守株待兔'와 같은 쉽고 재미있는 예시를 제시하여, 읽는 사람이 저도 모르게 감탄하여 무릎을 치게 만든다.

예고 없이 찾아온 기회

기회는 예고 없이 찾아왔다. 한비가 울분과 분노, 통탄 속에서

---

8. 고대는 막연한 옛날이 아니다. 옛사람들은 아주 먼 옛날[上古], 먼 옛날[中古], 가까운 옛날[近古]로 나누어 생각했다. 상고시대는 인간이 동굴생활을 하던 그 시기를 생각하면 된다.

쓴 〈고분孤憤〉과 〈오두五蠹〉라는 글을 누군가가 진秦나라로 가지고 가서 왕에게 바쳤다. 당시의 진나라 왕은, 바로 훗날 진시황秦始皇이 된 정政이었다. 한왕과 달리 천하통일이라는 대단한 야심을 가진 진왕은 한비의 글을 읽자마자 시야가 열리고 마음이 트이는 듯한 느낌이었다. 진왕의 입에서 감탄과 탄식이 교차했다.

아! 과인이 이 사람과 만나 교유할 수 있다면, 죽어도 한이 없을 것이다.

- 《사기》 〈노자한비열전〉

진왕은 한비라는 사람이 이 세상에 없는 사람이라고 생각한 것이다. 진왕이 흘린 탄식을 들은 이사는 지체하지 않았다. 이사에게는 더없이 소중한 기회였다. 사실 초나라 출신인 이사는 보잘것없는 배경에 외국인이라는 치명적인 약점이 있었다. 능력이 있다면 가리지 않고 등용하는 진왕 덕분에 승승장구했으나, 외국인 출신인 그를 바라보는 시선은 그리 곱지 않았다. 진왕이 동문수학한 옛 친구인 한비를 만나고 싶어 한다는 사실은 이사에게 놓칠 수 없는 기회였다.

이사는 진왕 앞에 머리를 조아리며, 그 글의 저자는 마음만 먹으면 만날 수 있는 사람이라고 넌지시 말했다. 진왕의 눈이 빛났다. 글의 저자가 다름 아닌 이사의 친구인 한비라는 말을 듣자, 진왕은 마음이 더욱 급해졌다. 하지만 한나라에 있는 한비를 데려오는 것은 결코 쉬운 일이 아니었다. 하지만 진왕이 누구인가? 포기를 모르는 야심가 진왕은 한나라를 공격했다. 한나라는 혼비백산했고, 그제야 정신이 든 한왕은 유능한 한비를 진나라로 보냈다.

불타는 질투심이 빚어낸 비극

진왕은 드디어 꿈에도 그리던 한비를 만났다. 그러나 기대가 너무 컸던 탓일까? 천성적으로 말을 더듬는 한비는 진왕에게 그리 매력적으로 다가오지 않았다. 그러나 시간이 지나면서 진왕은 한비의 진가를 알아보고, 그를 좋아하여 자주 이야기를 나누었다. 마음이 다급해진 것은 이사였다. 한비는 더 이상 친구가 아니라 눈엣가시였다.

'꼴도 보기 싫은 놈, 너만 없다면!'

자신의 출세를 위해 데려온 한비가 자신을 대신할 수도 있다는 생각이 들자, 더 이상 지체할 수 없었다. 이사는 진왕 앞으로 나아가 이렇게 말했다.

한비는 한나라의 공자公子 가운데 한 사람입니다. 지금 왕께서는 제후들을 모두 병합하려는 계획을 갖고 계신데, 한비는 결국 한나라를 위해서 일하지, 결코 진나라를 위해서 일하지는 않을 것입니다.
지금 왕께서 [그를] 등용도 하지 않으시면서 오래 머물게 한 후 돌려보내신다면, 이것은 스스로 근심거리를 남겨두는 것입니다.

차라리 그에게 잘못에 대한 책임을 물어 죽이시는 것만 못합니다.

- 《사기》 〈노자한비열전〉

이사는 한비가 한나라 출신이라는 점을 부각시키며, 한나라의 공자 출신인 한비를 남겨두는 것은 진왕의 천하통일이라는 큰 계획에 지장을 줄 거라고 말했다. 심지어 이사는 자기 친구를 '죽여야 한다'고 끈질기게 진왕을 설득했다. 이사의 말이 그럴듯하다고 여긴 진왕은 한비에게 죄를 뒤집어씌워 감옥에 넣으라고 명령했다. 이런 기회를 놓칠 이사가 아니었다. 진왕은 그를 하옥시키라고만 명령했는데, 이사는 재빨리 친구인 한비에게 독약을 보내 자살하도록 강요했다.

억울한 한비는 진왕에게 이것은 모두 오해라고 설명하고 싶었으나, 이사는 진왕과 한비가 만날 수 있는 단 한 번의 기회조차 주지 않았다. 그는 결국 오해를 풀지 못한 채 친구의 손에서 억울한 죽음을 맞았다. 얼마 후, 진왕은 천재성이 번뜩이던 한비를 생각하고, 다시 그를 만나고 싶어 했지만 한비는 이미 이 세상 사람이 아니었다. 한비는 이렇게 생을 마감하고 말았다.

타인의 불행으로 얻은 행복의 결말

친구이자 라이벌인 두 친구의 우정은 이렇게 끝이 났다. 질투에 눈이 멀어 끝내 친구를 죽인 이사는 어떻게 되었을까? 그는 특유의 입담과 재능으로 진시황(진왕)의 마음을 사로잡는 데 성공하고,

진시황만을 위한 제국을 만드는 데 모든 노력을 다했다. 이사는 진
시황에게 건의하여 제후왕을 없애고, 사람들이 다른 의견을 내지
못하도록 제자백가의 책을 모두 모아 불사르게 했다. 누구든 옛것
을 끌어들여 현재를 비판하지 못하게 했으며, 법률과 제도를 만들
고 문자를 통일하게 하는 데 큰 공을 세웠다. 덕분에 진시황은 누
구도 거부할 수 없는 이 세상 '제일'의 위대한 통치자가 되었다. 외
국인 출신으로 승상의 지위까지 오른 이사의 권세는 그 누구와도
비교할 수 없을 정도로 대단했다.

이사의 아들들은 모두 진나라 공주에게 장가들었고, 딸들은 진
나라의 공자들과 혼인했다. 황실은 곧 이사의 또 다른 집이었다. 이
사가 한 번 술자리를 열면, 그 자리에 참석하려는 사람들의 수레와
말로 문전성시를 이룰 정도였다.

이사의 맏아들 이유李由는 삼천군三川郡 태수가 되었다. 이사의
아들은 모두 진나라 공주에게 장가들었고, 딸들은 모두 진나라
의 여러 공자들과 혼인했다. 삼천군의 태수인 이유가 함양咸陽에
돌아간다고 알리자, 이사는 집에 술자리를 벌였다. 관리들이 모
두 나아와 장수를 빌어주니, 문 앞의 마당에 늘어선 마차와 말이
수천이나 되었다.

– 《사기》 〈이사열전〉

하지만 이사의 부귀영화는 오래 지속되지 않았다. 그를 믿고 지

지해주던 진시황이 세상을 떠난 것이다. 진시황은 죽기 전에 맏아들 부소扶蘇를 책봉하라는 유서를 남겼지만, 자신의 지위가 불안했던 환관 조고趙高는 문서를 위조하고 이사를 끌어들였다. 황제를 세우는 데 승상의 인印이 필요한 조고는 이사를 몽염蒙恬 장군과 비교하면서, 부소가 황제가 되면 이사의 영화도 끝날 것이라며 그를 불안하게 했다. 조고의 속삭임은 위험하면서도 달콤했다. 그는 결국 조고가 내민 손을 잡았다. 이사는 법가法家 출신이지만, 자기 자신의 욕망을 위해 그가 직접 만든 엄격한 법을 스스로 허물었다. 법과 양심에 따라야 한다고 되뇌었지만, 그가 지금까지 누려온 것들을 내려놓을 수도 있다는 일말의 가능성은 그를 어둠의 길로 이끌었다.

진시황의 석연치 않은 죽음, 이세황제의 어리석음은 간신들이 활개를 펼 수 있는 최적의 조건이었다. 조고와 이사는 사람의 마음을 얻는 대신 그들을 공포와 죽음으로 다스렸다. 나라는 차가워지고 어두워졌다. 백성을 기다리는 것은 가혹한 형벌과 무거운 세금이었다. 그러나 형벌로도 죽음으로도 사람들의 마음을 막을 수는 없었다. 곳곳에서 반란이 일어나자 이사는 마음이 조급해졌다. 그러나 조고의 농간으로 황제를 만날 수도 없었고, 조고를 통해 그에게 돌아오는 것은 오히려 무거운 질책뿐이었다.

이사의 입지는 점차 좁아지고 위태로워졌다. 나라를 지키는 것도 중요하지만, 당장 자신의 목숨을 지키는 것이 시급한 문제였다. 이사는 자기 목숨을 지키기 위해, 형벌을 더 가혹하게 하고 더 엄격하게 집행해야 한다는 상소를 올려 황제를 기쁘게 했다. 그러나 항상 황제 곁에 있는 조고의 간계를 이길 수는 없었다. 이사와 조고는 한때 손을 잡고 황제의 유서까지 조작한 동지이자 공모자지만, 지금은 서로 한 발짝도 물러설 수 없는 살벌한 경쟁자가 되어 있었다. 이사는 조고의 단점을 황제에게 아뢰어 황제의 마음을 돌이키려고 했지만, 조고를 신임하던 황제는 오히려 이사에게 가혹한 형벌과 고문을 명령했다.

고문을 이기지 못한 그는 반역이라는 무거운 죄를 허위로 자백했고, 결국 죽음의 형벌을 받게 되었다. 황제에 버금가는 지위와 부귀를 누리던 가족들도 그 불행을 비껴가지 못했다. 이사는 둘째 아들과 형장에 끌려가면서 뜨거운 눈물을 흘리며 말했다.

너와 함께 누런 개를 끌고 상채上蔡의 동문에서 토끼 사냥을 하고 싶었는데, 어찌 그런 기회가 또 있겠느냐?

— 《사기》 〈이사열전〉

고향에 돌아가 아들과 함께 토끼 사냥을 한번 하고 싶다는 소박한 소원은 끝내 이루어지지 않았다. 이사는 결국 사형에 처해졌다. 그가 부귀영화를 위해 평생을 힘쓰고 노력해온 모든 것들은 하루아침에 물거품이 되고, 그가 사랑하는 가족들까지 몰살되는 멸삼족滅三族이라는 끔찍한 비극을 무력하게 받아들일 수밖에 없었다.

이사는 한비에게 누명을 씌워 감옥에서 외롭게 죽게 했다. 친구의

이사 무덤. 진시황이 세상을 떠난 뒤 간신 조고와 손을 잡은 이사는 결국 반역이라는 무거운 죄를 허위로 자백하고 죽음의 형벌을 받는다. 하남성 상채현 소재.

죽음을 대가로 얻은 부귀영화는 결코 영원히 빛나지 않았다. 이사는 시도조차 해보지 않은 '반역'이라는 누명을 쓰고 억울한 죽음을 맞았으며, 그가 목숨을 버려서라도 지키고 싶어 한 사랑하는 가족들이 아무런 죄도 없이 죽어가는 고통을 뼛속까지 느끼며 죽었다.

다른 사람을 불행 속으로 던지고 영원한 행복을 얻는다는 것은 요원하거나 불가능한 일이다. 사람들은 '인과응보因果應報'라는 말로 표현하기도 하지만, 이 엄청난 비극 앞에서 그럴 줄 알았다는 말을 하고 싶지는 않다. 다만 한비와 이사, 빛나는 두 천재의 불행이 언제든, 어디에서든 다시 되풀이되지 않으면 좋겠다고 바랄 뿐이다.

그 대신 '만약 그랬더라면' 하는 쓸데없는 가정을 해보고 싶다. 만약 이사가 한비를 살려두었더라면, 만약 이사가 질투심에 불탔을지언정 정정당당하게 경쟁을 했더라면, 하는 가정 말이다. 그랬더라면 이들의 운명은 이처럼 비극적인 방식이 아니라, 다른 식으로 결론이 났을지도 모를 일이다.

9장

진시황의 빛과 그림자
– "모든 것을 다 가졌어도."

《사기史記》〈진본기秦本紀〉
《사기史記》〈진시황본기秦始皇本紀〉
《사기史記》〈여불위열전呂不韋列傳〉

사마천은 진나라의 역사를 〈진본기〉에 기록했다. 당연히 진나라 왕인 진시황秦始皇의 이름도 〈진본기〉에 포함되어 있다. 그러나 사마천은 진시황을 따로 떼어 기록했다. 그가 천하를 통일한 후, '시황始皇'이라는 칭호를 처음으로 썼기 때문일 것이다. 사마천은 수많은 진나라 왕의 역사인 〈진본기〉보다 〈진시황본기〉를 더욱 길고 자세하게 기록했다.

타고난 장사꾼과 미운 오리 새끼의 만남
진시황의 이야기를 하기 위해서는 그가 태어나기 이전, 양적陽翟의 유명한 상인 여불위呂不韋의 이야기부터 시작해야 한다. 여불위는 장사에 수완이 좋은 사람이었다. 그는 여러 곳을 다니며 싼 것을 사들여 비싸게 되팔아 큰 재산을 모았다. 그에게는 어떤 것이 돈이 될 만한지 알아볼 수 있는 눈이 있었다.

여불위가 조趙나라 한단邯鄲에 물건을 사러 갔다가 우연히 자초子楚라는 사람을 만나게 되었다. 자초는 진秦나라 태자인 안국군安國君의 많은 아들 가운데 한 명으로, 초나라에 와서 볼모 신세로 지내고 있었다. 스무 명이나 되는 아들 가운데 하나일 뿐이지 그에게는 왕자라는 존재감이 없었다. 그의 어머니인 하희夏姬도 안국군의 사랑을 받지 못했기 때문에, 그들은 볼모로 보내지기에 딱 좋은 조건이었다. 진나라는 그들에게 경제적 지원도 제대로 해주지 않았고, 심지어 진나라는 조나라를 자주 공격하기까지 해서 조나라에서도 그들을 잘 대우해주지 않았다.

자초를 본 여불위에는 두 가지 마음이 동시에 들었다. 우선 인간적으로 보자면 로열패밀리라는 신분이 무색하게 궁핍한 그의 처지가 무척이나 안쓰러웠다. 그런데 상인의 눈으로 보자니 그는 정말 투자 가치가 높은 대상이었다. 그는 자기도 모르는 사이에 탄식하며 내뱉었다.

사둘 만한 진귀한 보물이다.

　　　　　　　　　　　　　　　　　　　- 《사기》 〈여불위열전〉

여불위는 서두르지 않고 자초에게 접근하여, 자초의 가문을 일으켜주겠다고 약속하며 말문을 열었다. 어리둥절해하는 자초에게 여불위는 현실적인 분석을 내놓았다. 자초의 아버지인 안국군이 그에게 관심도 없고, 그는 장남도 아니라서 왕이 되기도 어렵다. 게다가 처량한 볼모 신세이니 앞으로 미래를 기대하기 어렵지 않겠느냐며 말을 이었다.

자초는 미운 오리 새끼였다. 여불위가 한 말은 인정할 수밖에 없는 아픈 현실이었다. 그 현실에 절망하며 자초는 방법을 물었다. 그러자 여불위는 자초를 대신해서 화양부인의 마음을 얻어 자초가 후사로 정해질 수 있도록 도와주겠다고 말했다. 화양부인은 현재의 태자인 안국군이 가장 사랑하는 여인인데 아들이 없었다. 화양부인을 설득해 자초를 양자로 선택하게 하면 될 일이었다. 수많은 형제들 틈에서 아버지의 따뜻한 눈길조차 제대로 받아본 적이 없던 자초는 심장이 뛰었다. 자초는 그렇게만 된다면 천하를 여불위와 나누겠다며 감사의 마음을 전했다.

가치 있는 투자처를 찾은 여불위는 재물을 아끼지 않았다. 노련한 그는 화양부인의 언니를 통해 화양부인을 만나 보물들을 건네며 자초가 얼마나 그녀를 사모하는지 말했다. 또한 빈객들에게 많은 돈을 주어 자초가 그녀를 하늘같이 여긴다는 말을 하도록 했다. 여불위의 말뿐만 아니라, 많은 사람이 전하는 말을 들은 화양부인은 기뻐했다. 지금은 안국군에게 사랑받고 있지만, 아들이 없다는 치명적인 약점이 있는 그녀는 안국군에게 자초를 아들로 삼게 해달라고 눈물로 호소했다. 아름다운 화양부인의 눈물을 본 안국군은 그녀의 청을 허락했다. 안국군과 화양부인은 자초에게 넉넉한 물품을 보냈고, 여불위에게 자초를 각별히 부탁했다. 미운 오리 새끼였던 자초는 드디어 제후국 사이에 조금씩 이름이 알려지기 시작했다.

위대한 황제의 비밀

그런데 여불위의 예상을 벗어나는 예외 상황이 발생했다. 여불위가 그토록 공을 들이던 자초가 자신이 가장 사랑하는 여인을 맘에 들어 한 것이다. 여불위가 베푼 연회에 참석한 자초는 춤추고 노래하는 한 여인을 보고 반해, 그녀를 달라고 요청했다.

'아! 왜 하필이면 그녀인가?'

그녀는 가기歌妓(예전에 돈과 권세가 있는 사람들은 집에 춤추고 노래하는 예인藝人들을 키웠다)들 가운데 여불위가 가장 사랑하는 여인인 조희趙姬인데, 그때는 이미 여불위의 아이를 임신하고 있었다.

여불위는 심각한 고민에 빠졌다. 그녀를 보내자니 마음이 아프고, 자초의 청을 거절하자니 지금까지 자초를 위해 투자한 게 아까웠다. 결국 여불위는 울며 겨자 먹기로 그녀를 자초에게 보냈다. 얼마 후에 그녀는 아이를 낳았고, 자초는 매우 기뻐하며 그녀를 아내로 삼았다.

여불위는 한단邯鄲의 여러 첩들 중에서 매우 아름답고 춤을 잘 추는 여인과 함께 살았는데, 〔그녀가〕 임신을 했다는 걸 알았다.

자초가 여불위의 집에 가서 술을 마시다가, 그녀를 보고 매우 기뻐하면서 그 자리에서 일어나 여불위의 장수를 빌면서, 그녀를 〔달라고〕 청하였다.

여불위는 화가 났지만 이미 자초를 위해 많은 돈을 쓴 것을 생각했다. 그는 기이한 보물을 얻고야 말겠다는 욕심으로 그녀를 바쳤다. 그녀는 이미 임신했다는 사실을 숨겼고, 때가 되어 아들 '정政'을 낳았다. 자초는 그녀를 아내로 삼았다.

- 《사기》 〈여불위열전〉

진시황제는 진 장양왕莊襄王의 아들이다. 장양왕이 조趙나라에 진나라의 질자質子(볼모)로 잡혀 있을 때, 여불위呂不韋의 첩을 보고 기뻐하여 그녀를 취하였고, 시황을 낳았다.

- 《사기》 〈진시황본기〉

이렇게 태어난 아이가 바로 훗날 진시황이 된 정政이다. 정에게는 그를 사랑하는 아버지 자초가 있었고, 비밀에 감추어진 생부生父 여불위가 있었다.

황제가 된 소년 정政과 그의 어머니

진소왕이 죽었다. 태자인 안국군이 즉위하자 그는 화양부인의 양자인 자초를 진나라로 데리고 왔다. 그런데 안국군이 즉위한 지 얼마 되지 않아 사망하고, 화양부인의 양자가 된 자초가 왕위에 올랐다. 그가 바로 정의 아버지인 장양왕이다. 그런데 장양왕이 젊은 날 너무 고생을 한 탓일까, 그도 왕위에 오른 지 3년 만에 세상을 떠났다. 모든 것은 여불위의 계획과 한 치도 어긋남이 없었다. 장양왕마저 죽자, 그가 조나라 땅에서 낳은 어린 아들 정이 왕위 계승자가 되었다. 그는 겨우 열세 살의 어린 소년이었다.

열세 살의 어린 왕이 무엇을 할 수 있었겠는가? 다행히도 정에게는 그가 어린 시절부터 따르던 여불위가 있었다. 어린 왕은 여불위를 '중부仲父'라고 부르며 믿고 따랐고, 여불위는 궁을 제 집처럼 드나들었다. 문제는 정의 어머니가 옛 연인인 여불위를 잊지 못하고 있다는 사실이었다. 어쩌면 그녀는 궁중 생활이 숨 막혔는지도 모른다. 그녀는 노래하고 춤추던 여인에서 세상의 모든 사람을 발밑에 두고 호령할 수 있는 위치에 올랐으나, 정작 그녀에게는 자유가 없었다.

그녀는 남편을 잃은 여인, 황제가 된 어린 아들의 어머니, 복잡한 법도 속에서 무거운 하루하루를 보내야 하는 여인일 뿐이었다. 그녀가 자유롭게 만날 수 있는 여불위는 세상과 소통할 수 있는 유일한 사람이었는지도 모른다. 하지만 하루가 다르게 커가는 소년 황제를 보면서 여불위의 마음은 복잡해졌다. 황태후가 된 그녀가 부담스러워진 여불위는 그녀에게 가짜 환관인 노애嫪毐라는 남성을 소개해주면서 그녀와의 관계를 정리하려 했고, 다행스럽게도 그의 시도는 성공했다. 황태후와 그녀의 비밀스러운 연인이 된 노애 사이에서는 아이도 태어났고, 덕분에 미천한 노애 역시 부와 명예를 누리게 되었다.

노애繆毒가 장신후長信侯로 봉해졌다. 노애에게 산양山陽 땅을 주
어 그곳에 살게 하였다. 궁실, 거마, 의복, 원유園囿(정원과 동산),
치렵馳獵(사냥) 등을 노애 마음대로 했으며, 크고 작은 일이 모두
노애에 의해서 결정되었다. 또 하서河西의 태원군太原郡을 노애의
봉국으로 바꾸었다.

— 《사기》〈진시황본기〉

노애는 제후로 봉해졌을 뿐만 아니라, 집과 마차가 황제에 버금
갔으며, 크고 작은 모든 일이 그의 손에서 결정되었다. 노애와 태후
는 이런 행운에 만족하지 않았다. 욕심은 더 큰 욕심을 낳기 마련
이고, 꼬리가 길면 잡히기 마련이다.

누군가가 진시황에게 노애가 가짜 환관이라고 고해바쳤고, 조사
한 결과 믿고 싶지 않은 소문이 사실로 드러났다. 비밀이 탄로 나
위기에 처하자, 노애는 아예 황제를 죽여야겠다고 생각하여 음모를
꾸몄다. 그런 음모를 알아차리기라도 한 듯, 하늘에서는 불길한 징
조가 끊이지 않았다.

[시황 9년] 혜성이 나타났고, 때로 하늘을 가로지르기도 했다.
(······) 장신후 노애가 반란을 일으키려다가 발각되자, 왕의 옥새
와 태후의 인장을 위조하여 현縣의 사졸들과 호위 사졸들[위졸

衛卒〕, 관의 기병, 융적戎翟의 우두머리와 사인舍人들을 일으켜 기
년궁蘄年宮을 공격하여 반란을 일으키려고 했다. 시황이 이것을
알고 상국인 창평군昌平君과 창문군昌文君을 시켜 군사를 일으켜
노애를 공격하게 했다. (……)
결국 노애 등이 모두 잡혔다.

위위衛尉 갈竭, 내사內史 사肆, 좌익佐弋 갈竭, 중대부령中大夫令 제
齊 등 〔노애의 반란에 가담한〕 이십여 명은 모두 머리가 잘려 〔모
든 사람들이 볼 수 있는〕 높은 곳에 매달렸고, 몸은 거열형車裂刑
(마차에 사지를 묶어 몸이 찢기는 잔인한 형벌)에 처해졌으며, 그 종
족은 모두 죽임을 당했다. (……)
〔시황 10년〕 상국 여불위가 노애의 일에 연루되어 면직되었다.

- 《사기》 〈진시황본기〉

자신이 다스리는 왕국의 한가운데서 일어난 놀라운 내란 사건,
그런데 더 충격적인 것은 자기를 낳아준 사랑하는 어머니, 아버지
처럼 믿고 따른 여불위가 이 비극적인 사건의 중심에 있었다는 것
이다. 이제 갓 스무 살을 넘은 청년 황제가 받은 배신과 충격은 적
지 않았을 것이다. 사람들에 대한 그의 믿음은 점점 사라졌다. 그
는 어머니를 멀리 있는 궁으로 보내고, 여불위를 먼 곳으로 내쫓
았다. 청년 황제의 조여오는 압박을 견딜 수 없었던 여불위는 결국
스스로 삶을 마감했다. 그러나 분노와 원한으로 가득 찬 황제는 그
의 죽음 앞에서도 분노를 삭일 수 없었다.

돈으로 세상을 호령하던 여불위, 황제를 아들로 둔 대단한 사람이었지만, 그 시신은 떳떳한 장례조차 받을 수 없었다. 진시황의 분노는 식을 줄 몰라, 여불위의 장례식에 몰래 참석한 사람들에게도 벌을 내렸다. 앞으로 노애나 여불위와 같은 짓을 하면 그 가족까지도 노예로 만들어버리겠다고 엄포를 놓았다.

[시황 12년] 문신후 여불위가 죽자 몰래 장례를 치렀다. 사인舍人(그들을 섬겼던 신하들) 가운데 그의 장례식에 간 사람들을 [조사하여 그가] 진晋나라 사람이면 내쫓았고, 진秦나라 사람인데 녹봉이 육백 섬 이상인 자는 관직을 빼앗고 다른 곳에 옮겨 살게 했다. (……)
이때부터 노애나 여불위처럼 나랏일을 하면서 도를 지키지 않은 자는 그 집안을 노예 명부에 기록하고 모두 노예로 삼겠다고 말하고, 그대로 보여주었다.

— 《사기》〈진시황본기〉

젊은 날 겪은 커다란 배신의 상처, 진시황의 그 깊은 상처는 치유되지 않았다. 그는 미친 듯이 일에 몰두했다. 밤낮을 잊고 문서를 직접 읽고 결재를 했으며, 책을 읽고 훌륭한 사람들을 불러 교유하는 것도 잊지 않았다. 진시황의 주변으로는 능력 있는 사람들이 몰려들었다. 그는 외국 출신의 이사李斯를 받아들여, 엄격하고 탄탄한 법 위에 나라의 기초를 세웠다. 나라들이 함락되거나 항복

했다. 사분오열된 전국戰國시대가 점차 종언을 고하고 있었다. 그가 그토록 갈망하던 '천하통일'이 점차 그 윤곽을 드러내고 있었다.

모든 것을 가진 외로운 왕

'천하통일'이라는 멋진 수식어 뒤에는 다른 나라들의 뼈아픈 멸망이 있었다. 사람들은 진시황의 무차별적인 공격과 야심이 두려웠다. 언제 멸망할지 모르는 위태한 나라들, 특히 제후들의 불안감은 극에 달했다. 누군가가 살해되었다는 흉흉한 소문이 돌았고, 두려움에 떨던 누군가는 스스로 목숨을 끊었으며, 작은 나라들은 폭력에 잠식당해갔다. 앉아서 죽음을 기다릴 수 없었던 제후들은 때로 자객들을 보내기도 했다. 진시황의 주변에는 유능한 신하들과 더불어, 그를 해치려는 자객들이 끊이지 않았다.

그들은 기꺼이 죽음으로 항거했고 번번이 실패했지만, 진시황을 살해하려는 시도는 끝나지 않았다. 진시황은 천하통일의 꿈을 포기하지 않았다. 그것이야말로 그의 위대함을 보여줄 수 있는 것이었으니 말이다. 그러나 그 역시 사람이었다. 그는 늘 두렵고 겁이 났다. 도무지 사람을 믿을 수 없었다. 친구조차도 말이다.

진시황에게는 단丹이라는 친구가 있었다. 연나라 태자 단과 진시황 정은 어린 시절 조趙나라에 인질로 잡혀 있던 신세였다. 동병상련同病相憐의 아픔을 나눈 이들은 좋은 친구였다. 시간이 지나 정이 진왕秦王이 된 후, 단은 진秦나라에 인질로 보내졌다. 인질 신세이기는 했지만, 단은 걱정도 되지 않았고 외롭지도 않았다. 그의 단짝친구 정이 왕이 되었는데 무슨 걱정이겠는가?

하지만 왕이 된 진왕에게서는 옛날의 따뜻함을 찾아볼 수 없었다. 그는 친구에게 서운하고 미운 감정이 생겼다.

'네가 어떻게 나에게 이럴 수 있어?'

슬픔과 분노에 찬 단은 연나라로 도망쳐 친구에 대한 복수를 다짐했다.

복수하려는 마음은 있었지만 진왕의 호위무사는 무시무시하다는 소문이 들렸다. 그에게 가까이 가는 것조차 쉽지 않다는 얘기를 들은 단은 세상에서 최고의 자객을 수소문했다. 그는 형가荊軻라는 자객에게 자신의 외롭고 고단한 처지를 말했다. 처음에 거절하던 형가는 끝내 그의 부탁을 들어주었다.

형가는 진무양秦無陽이라는 소년과 함께, 진시황이 증오하는 번어기樊於期 장군의 목과 연나라의 지도를 바쳐 진시황을 만나고자 했다. 드디어 진시황 앞에 설 수 있게 된 형가가 지도를 펼치자숨겨둔 비수가 나타났다. 형가는 재빨리 진시황을 찌르려고 했으나, 놀란 진시황이 몸을 일으키는 바람에 성공하지 못했다. 당시 진시황의 주변에는 신하들이 있었지만, 진나라 법에 따르면 왕을 가까이에서 모시는 신하들은 작은 무기도 몸에 지닐 수 없었다. 다급한 왕은 자기가 차고 있던 칼도 제대로 뽑을 수가 없었다. 그러다 진시황은 시의侍醫 하무저夏無且가 약주머니를 형가에게 던지는 틈을 타 형가의 다리를 베었다. 형가는 진시황을 향해 비수를 날렸지만 비수는 구리기둥만 맞혔을 뿐, 진시황을 맞히지는 못했다. 형가의

형가가 진왕을 찌르려다 끝내 실패한 모습을 묘사한 한나라 화상석畵像石 〈형가자진도荊軻刺秦圖〉.

시도는 이렇게 실패로 끝났고, 온몸은 찢겨졌다.

[시황 20년] 연燕나라 태자 단丹은 진秦나라 군사들이 연나라를 침략해올까 두려워 [이름난 자객刺客] 형가荊軻를 시켜서 진왕을 죽이게 하였다. 진왕은 [형가가 자기를 죽이려 한다는] 사실을 알아채고, 형가의 사지를 찢어 백성에게 내보였다. 왕전王翦, 신승辛勝을 보내 연나라를 공격하게 하였다. (······)
[시황 21년] 결국 연나라 태자의 군사를 격파하고 연나라의 계성薊城을 취했으며, 태자 단의 목을 얻었다.

– 《사기》 〈진시황본기〉

그랬다. 진시황은 어린 시절 함께 외로움을 나눈 친구 단을 끝내 죽이고 말았다. 형가도 죽고, 연나라 태자 단도 목이 잘려 죽었지만, 진시황을 죽이려는 시도는 끝나지 않았다. 형가의 절친한 친구인 고점리高漸離는 뛰어난 음악으로 진시황에게 접근하여 그를 살해하려다 실패하여 잔혹한 죽음을 맞았다. 진시황의 주변에는 그를 존경하는 사람도 있었지만, 그를 죽이려는 자객들도 끊이지 않았다. 모든 것을 다 가졌지만 그는 두렵고 외로웠을 것이다.

천하통일의 꿈은 이루었지만

이런 어려운 시간을 지나 진시황이 그토록 꿈꾸는 통일이 이루어졌다. 이제 그는 이 지상의 유일한 황제일 터였다. 더 이상 자객들을 보낼 제후들은 없지만 그래도 그는 여전히 두려웠다. 그는 세상의 모든 무기를 거두어들였다. 그를 향해 겨눌 칼날은 없었다. 세상에는 적막한 평화가 찾아왔다.

세상의 모든 땅을 가졌고, 모든 보물을 가졌지만 누구의 마음도 얻지 못한 그는 고독했을 것이다. 그는 천하의 유일한 황제였다. 그에게는 이 세상에서 누릴 수 있는 모든 부귀와 영화가 있었다. 말한 마디로 모든 것을 누릴 수 있었지만, 사람에 대한 믿음을 상실한 그에게 새로운 존재들에 대한 갈망이 생겨났다.

진시황이 제위에 오른 지 28년, 제齊나라 사람 서불徐市 등이 바다 한가운데 있는 삼신산三神山을 찾으라고 상소를 올렸다. 그곳에서 신선神仙을 찾을 수 있다는 설명이었다. 다소 황당무계해 보이지만 황제는 서불의 건의를 따라 사람들을 파견했다. 아무것도 얻을 수 없었지만, 그럴수록 신선과 영원에 대한 황제의 꿈은 간절해졌다. 몇 년이 지나 진시황은 한종韓終, 후공侯公, 석생石生을 시켜 영원히 죽지 않는 신선의 약을 구해 오게 했다.

말없는 소문들, 그를 향한 비난과 증오의 말들이 그의 귀에도 들려오기 시작했다. 지독하게 괴롭고 외로운 진시황의 마음을 알고 있던 명석한 두뇌의 이사가 말했다.

[시황 34년] 이제 황제께서 천하를 병합하시고, 흑백을 구분하여 지존하신 한 분에게 결정이 귀속되도록 하셨는데, 사사로이 학문을 하는 자들은 서로 모여 법의 가르침을 비난하고 있습니다. (……) 신臣이 청합니다. 사관에게 명하여 진나라 기록이 아니면 태워버리고, 박사관博士官의 직무를 수행하지도 않으면서 《시詩》, 《서書》, 백가百家의 책을 가지고 있으면, 모두 군수와 군위에 보내 태우게 하십시오. 그런데도 감히 모여서 《시》나 《서》를 말하는 자가 있으면 기시형棄市刑(저잣거리에서 죽여 사람들에게 보이는 형벌)에 처하게 하십시오. 옛것을 가지고 오늘을 비난하는 자가 있다면 일족을 멸하십시오. 관리들 가운데 이를 알고도 [위법을 행한 자들을] 잡아내지 않는 자가 있다면 똑같은 벌을 내리십시오. 명령을 내린 지 삼십 일이 지났는데도 책을 태우지 않으면, 경형黥刑(얼굴에 먹물을 새겨 죄인임을 알리는 형벌)을 내리신 후, 성벽을 쌓는 노동형에 처하게 하십시오!

— 《사기》 〈진시황본기〉

이사는 그들이 읽고 공부하는 책들을 모아 불사르고, 사사로이 모여 의견을 말하는 자들은 저잣거리에서 죽이고, 옛것을 근거로 현재를 비난하는 자들은 일족을 멸하며, 명령을 받고도 책을 태우지 않는 자들은 이마에 죄인이라는 문신을 새긴 후에 노예로 삼아서 성벽을 쌓는 노동을 시키라고 조언했다. 진시황을 비난하는 모든 입을 원천봉쇄하겠다는 과격한 조치였다. 그렇게만 된다면, 이제 그를 향한 비난은 없을 것이다. 자비라고는 찾아볼 수 없는 살벌한 이사의 조언은 진시황에게 단비와 같았다. 진시황은 기쁨에 찬 한 마디로 응답했다.

허락하노라.

— 《사기》〈진시황본기〉

'분서갱유焚書坑儒'의 '분서' 사건의 전말이다. 사람들의 눈과 귀가, 무엇보다 사람들의 입을 무서워한 진시황은 세상의 모든 입과 귀를 막아버리게 했다. 죽음보다 무서운 소문들이 백성 사이를 지나다녔다. 세상은 더욱 무겁고 고요해졌다.

황제의 공허한 꿈

진시황은 나이가 들어갈수록 알 수 없는 불멸不滅에 대한 욕망 속으로 빠져들었다. 도로를 넓히고, 아방궁阿房宮과 여산驪山에 자신만을 위한 능묘를 짓기 위해 70만 명의 죄수를 동원했다.

살아서는 가장 화려한 집에서 살 것이고, 죽어서는 아무에게도 침범받지 않는 견고한 곳에서 살 것이다. 누군가가 나를 해하려고 한다 하더라도, 그 시도는 결코 성공하지 못할 것이다. 죽어서도 나를 호위할 호위무사들이 나를 지킬 것이다!

지금 중국 섬서성陝西省 서안西安에 남아 있는 진시황릉 병마용갱兵馬俑坑에는 실물 크기의 장군과 병사, 마부 등 병마용兵馬俑이 있다. 지금까지도 발굴이 한창인 이 무덤의 웅장한 크기는 진시황의 두려움과 외로움만큼이나 크고 깊다.

죽음을 두려워한 진시황은 강력한 법으로 통치하는 한편, 불사약不死藥을 구하는 데도 열심이었다. 그의 마음을 잘 알고 있던 노생盧生은 진시황에게 달콤한 목소리로 말했다.

황제릉을 호위하는 실물 크기의 병사와 병마용들이 발견된 병마용갱. 섬서성 서안시 진시황릉 소재.

진인眞人은 물에 들어가도 젖지 않고, 불에 들어가도 타지 않으며, 구름을 부려 타고 다니면서 천지와 함께 영원합니다. 지금 황제께서 천하를 다스리시지만, 아직 편안함과 고요함을 얻지 못하셨습니다. 황제께서 머무시는 곳을 다른 사람들이 알지 못하게 한 후에야 불사약을 얻을 수 있을 것입니다.

— 《사기》 〈진시황본기〉

진시황은 불사약을 찾는 데 드는 비용을 아끼지 않았지만, 불사약은 끝내 얻을 수 없었다. 거짓으로 진시황을 속여온 후생과 노생 등은 불사약을 바칠 수 없었고, 결국 진시황이 두려워 도망치고 말았다. 그 소식을 들은 진시황은 노여워하며 방사들과 함양咸阳에 있는 유생들 460여 명을 잡아들여 생매장했다. 그것이 그 유명한 '분서갱유'의 '갱유' 사건이다. 충격을 받은 맏아들 부소扶蘇가 아버지 진시황에게 글을 올렸다.

천하가 막 평정되었지만, 먼 곳의 백성은 아직 따르지 않고 있습니다. 많은 유생이 공자孔子의 책을 암송하며 그를 본받고 있습니다. 그런데 지금 황상께서 그 법을 무겁게 하여 그들을 통제하시니, 신은 천하가 안정되지 않을까 두렵습니다. 오직 황상께서 살펴주시기만을 바랍니다.

— 《사기》 〈진시황본기〉

부소의 진심 어린 충언을 들은 진시황은 크게 화를 내며 그를 변방으로 내쫓았다. 황제가 된 지 37년, 진시황은 순행을 떠났다. 좌승상 이사와 막내아들 호해胡亥가 그를 따랐다. 그간 방사 서불 등은 여전히 신선과 불사약을 찾았지만 아무것도 얻지 못했다. 세월의 풍상 앞에서 어찌할 수 없었던 인간 진시황은 그들의 거짓말이라도 믿고 싶었을 것이다.

진시황은 순행 길에 심각한 병에 시달렸다. 하지만 어느 누구도 불사의 꿈을 가진 황제에게 '죽음'이라는 말을 쓸 수 없었다. 죽음을 직감한 이는 황제였다. 그는 그제야 선하고 충성스러운 첫째 아들 부소를 떠올렸다. 그는 부소에게 조서를 남기고 얼마 후에 세상을 떠났다. 말할 수 없을 정도로 화려한 궁궐과 무덤, 자신만을 위

호해의 무덤. 진시황의 뒤를 이어 황위에 오른 이세황제 호해 역시 환관 조고의 계략으로 얼마 후에 죽음을 맞이한다. 섬서성 서안시 진이세황제릉 소재.

한 명계冥界의 호위무사들을 만들었지만 진시황은 말 그대로 길 위에서 객사客死했다. 죽은 이후에도 간신 조고趙高와 이사의 욕심 때문에 진시황의 죽음은 함양에 도착할 때까지 철저히 비밀에 감추어졌고, 한여름 더위에 썩어가는 시신의 냄새를 감추기 위해 소금에 절인 고기와 함께 실려 궁으로 돌아갔다.

그뿐인가? 진시황의 마지막 유언도 철저히 감추어지고 무시되었다. 장남 부소를 황위에 앉히라는 그의 마지막 조서는 조고에 의해 날조되고, 진시황의 아들 부소는 거짓 조서를 보고 스스로 목숨을 끊었다. 진시황의 뒤를 이어 황위에 오른 이세황제 역시 환관 조고의 거짓에 속아 얼마 후에 죽음을 맞았고,[9] 그 뒤를 이어 왕이 된 자영子嬰은 왕이 되자마자 인장 매는 끈을 목에 걸고 천자의 옥새와 부절을 받들어 유방劉邦에게 투항했으나, 끝내 항우項羽에게 살해되고 만다. 진시황제가 평생을 공들여 세운 통일 제국은 이렇게 신기루처럼 사라져갔다.

진시황의 빛과 그림자

물론 진시황의 공적도 많다. 그는 도량의 무게와 길이를 통일해 시장에서 사람들의 번거로움과 눈속임을 막았고, 문자를 통일해 의사소통의 불편함을 해소했다. 또한 길을 닦아서 마차와 수레가 다

---

9. 〈진시황본기〉에는 그가 스스로 목숨을 끊었다고 기록되었지만, 〈진본기〉에는 그가 살해되었다고 기록되었다. 이세황제가 살해되었다고 한 것은 그가 궁지에 내몰려 자살을 강요받았기 때문일 것이다.

니는 길을 편리하게 했다.

　그러나 어떤 것으로도 그의 공허한 마음, 가장 사랑하는 사람들에게 배신당한 쓰린 상처를 치유할 수 없었다. 그는 늘 살해 위협에 시달리고, 사람에 대한 극심한 불신과 상처에 고통받은 사람이었다. 신선을 만나 불사약을 얻고 싶었지만 끝내 얻지 못했고, 화려한 아방궁과 웅장한 묘실을 만들었으나 끝내 길 위에서 삶을 마감한 한 인간이었다.

　진시황에게는 '천하통일'이라는 그 누구도 부인할 수 없는 위대한 公功이 있지만, 그에게는 어린 시절의 어두운 그림자가 늘 따라다녔다. 인질 신분으로 다른 나라에서 숨죽여 지내야 하는 어린 소년, 황제였지만 한없이 불안하고 외로운 사람, 신선을 만나고 싶었으나 평생 그 꿈을 이룰 수 없는 한 인간이었다.

　천하를 통일한 그 위대한 인물의 죽음은 말할 수 없이 초라했다. 그의 죽음 앞에서 진심 어린 눈물을 흘리는 사람은 없었다. 진시황의 죽음을 이용하기에 바빴던 조고, 이사, 이세황제의 마지막도 모두 비극이었다. 이사는 조고의 간계로 삼족이 멸해지고, 조고는 자영에 의해 삼족이 멸해졌으며, 이세황제는 스스로 삶을 마감했다. 전국 시기의 강자, 위대한 진나라는 이렇게 역사에서 사라져갔다.

4부

위대한 제국 건설, 한漢나라

피도 눈물도 없이 정복을 거듭했던 전국시대는 진시황에 의해 종말을 고했다. 진시황은 황제가 된 이후, 전국을 돌며 나라가 들썩이지 않도록 있는 힘을 다했다. 무력으로 통일을 하기는 했지만, 사람들의 마음은 얻지 못했기 때문이다. 그는 전국의 민심을 살펴야 했다. 진시황은 전국을 돌며 두 눈으로 살피기 위해 순행을 떠났다. 그는 순행하는 도중에 우禹임금과 순舜임금에게 제사 지냈고, 태산泰山에 올라 하늘과 땅의 신에게 제사를 지냈다. 그는 만천하에 자신이 이 세상의 유일한 황제임을 밝혔다.

진시황이 미처 알지 못한 게 있다면, 그도 피와 살을 가진 한 인간이라는 사실이었다. 방사方士를 부르고, 동남동녀童男童女를 봉래산으로 파견하고, 신선을 부르기 위한 건축물까지 세웠으나 무용지물이었다.

그는 정복한 땅들을 돌아보다가, 길 위에서 죽음을 맞았다. 그의 죽음에는 아첨꾼이자 모사꾼 환관인 조고趙高와 막내아들 호해胡亥가 곁을 지켰고, 아무도 그를 위해 눈물을 흘려주지 않았다. 위대한 제왕의 끝은 이토록 초라했다. 진시황의 뒤를 이어 호해가 황위를 이어 이세황제가 되었다. 그러나 이세황제 3년, 제후들이 모두 일어나 진나라를 배반하자, 조고는 다시 이세황제를 죽이고 자영子嬰을 황제 자리에 세웠다. 자영은 황제 자리에 오른 지 겨우 한 달 만에 죽음을 맞았다. 곳곳에서 반란이 일어나, 아방궁은 석 달 동안 불타올랐고, 진시황의 무덤은 파헤쳐졌다. 진시황의 꿈이 서린

진시황. 열세 살의 나이에 왕위에 오른 진왕秦王 정政은 전국칠웅 중 여섯 나라를 무너뜨리고 중국을 통일한 뒤 스스로 시황제가 된다. 섬서성 한중시 석문잔도 풍경구 소재.

제국은 이렇게 멸망하게 되었다.

진나라의 학정에 시달리다 못해 반란을 일으킨 많은 사람 중에 항우項羽와 유방劉邦이 있다. 거병한 사람들 가운데 항우와 유방은 그들의 재능으로 수하에 많은 사람을 모을 수 있었다. 젊고 유능하며 배경이 좋은 항우와 달리, 유방은 나이도 많고 수하의 부하들도 항우에 비할 수 없을 정도로 적었다. 유방이 한왕漢王에 봉해졌을 때만 해도 그의 존재감은 크지 않았고, 항우와 유방의 싸움은 대부분 항우에게 유리했다. 그러나 유방 수하의 참모들과 장군들의 헌신으로 유방은 끝내 초한전楚漢戰의 승자가 되었다. 서른두 살의 젊은 항우는 완전히 기울어진 상황에서 다만 슬픈 노래를 부를 뿐이었다.

힘은 산을 뽑을 수 있고, 기개는 온 세상을 덮을 만하지만,
때가 불리하니 〔명마인〕 추조차 나아가지 않는구나.
추가 나아가지 않으니, 어찌해야 하는가!
우〔애첩의 이름〕야, 우야, 너를 어찌하면 좋으리!

유방과의 싸움에서 패한 항우에게 도주하라고 권하는 조언도 있었지만, 항우는 면목이 없다며 권유를 뿌리쳤다. 지난날에 대한 후회와 회한, 미안함이 그 마음에 교차하며 생겨났을 것이다. 항우는 그 자리에서 스스로 목을 쳤다. 항우의 시신은 그에게 몰려든 유방

의 부하들에 의해 찢겼다. 진시황 사후 이어진 분열의 시기가 다시 종언을 고하고, 역사는 새로운 시대를 열고 있었다. 유방에 의해 시작된 나라, 한漢 제국은 그렇게 탄생했다.

10장

여태후의 질투와 복수
– "흥! 두고 보자고!"

○

《사기史記》〈고조본기高祖本紀〉
《사기史記》〈여태후본기呂太后本紀〉

여태후呂太后는 한漢나라 고조高祖 유방劉邦의 아내로, 《사기》의 〈본기〉 중에서 유일하게 이름을 올린 여성이다. 다른 황후들은 〈본기〉의 한 부분을 차지하거나 〈외척열전外戚列傳〉에 소개되어 있는데, 사마천은 그녀를 〈본기〉에 따로 기록했다. 그녀가 대체 어떤 여성이기에 사마천은 그녀를 이렇게 특별 대우한 것일까? 우선 고조가 사망한 뒤 여태후가 실질적인 섭정을 했기 때문이기도 하고, 여태후만큼 뚜렷한 캐릭터를 가진 황후는 드물었기 때문일 것이다.

대단한 관상

여태후의 이름은 여치呂雉로 여공呂公의 딸이다. 여공은 고조 유방이 아직 미천한 신분이었을 때 유방의 관상을 보고 딸을 유방에게 시집보냈다. 그러자 여공의 아내는 좋은 혼처를 마다하고 별 볼 일 없어 보이는 유방에게 딸을 시집보내려는 남편에게 화를 내며 반대했다. 여공은 아내의 극렬한 반대에도 아랑곳 않고 무심히 대답했다.

이 일은 아녀자가 알 바 아니오!

— 《사기》〈고조본기〉

여공은 결국 딸을 유방에게 시집보냈다. 아버지의 결정에 따라 여치는 유방과 혼인하여 아들과 딸을 낳았다. 하지만 여공이 생각한 것처럼 영화는 기다려도 오지 않았다.

어느 날, 여치가 두 아이들과 함께 밭일을 하고 있을 때 한 노인이 지나가다가 여치의 관상을 보고 천하의 귀인이 될 것이라며 칭찬했다. 기분이 좋아진 여치가 두 아이를 보여주자 두 아이 역시 모두 귀인의 관상이라고 대답하면서, 특히 그녀는 아들 덕분에 귀하게 될 거라고 말해주었다. 노인이 떠난 후에 여치가 유방에게 방금 있었던 일을 말해주자 유방은 곧 노인을 뒤따라가 물었다. 노인은 이렇게 대답했다.

조금 전에 만난 부인과 아이들은 모두 당신을 닮았습니다. 당신의 상相은 말로 표현할 수 없을 정도로 귀합니다.

— 《사기》〈고조본기〉

노인의 말은 사실이었다. 그녀는 두 아이들과 뜨거운 볕 아래에서 밭을 갈면서 미처 생각하지 못했을 것이다. 자신이 낳은 딸이 노원공주魯元公主가 되고, 아들 유영이 한나라의 두 번째 황제인 효혜제孝惠帝[10]가 된다는 사실을 말이다. 물론 그녀의 남편 역시 황제가 되었다. 여치의 남편은 한나라를 연 고조 유방으로, 농민 출신으로 황제가 된 최초의 인물이다. 이처럼 그녀는 대단한 역사의 한가운데 서 있었다.

흥! 두고 보자고!

관상도 좋았지만 무엇보다 기민하고 영리한 여치(여후)는 유방에게 잘 어울리는 여성이었다. 그녀의 남편인 유방은 관대하고 리더십도 있었지만 우유부단한 데가 있었다. 그가 주저하거나 결단을 내리지 못할 때 그녀가 직접 나서서 일을 처리해주었다. 그녀는 아내일 뿐만 아니라, 정치적인 파트너였으며 좋은 참모이기도 했다.

여후는 의지가 굳고 강하여, 고조高祖를 도와서 천하를 평정했다. 대신들을 주살할 때도 많은 경우 여후의 힘에 기댄 것이었다.

– 《사기》〈여태후본기〉

사마천이 말한 것처럼 그녀는 '고조를 도와서' '천하를 평정'한

---

10. '효'를 중요하게 생각한 한대漢代에는 황제의 시호諡號 앞에 '효' 자를 붙였다. 효혜제는 혜제, 효문제는 문제, 효무제는 무제를 말한다.

대단한 여성이었다. 그녀는 너그럽고 관대한 남편을 대신하여 방해가 되는 신하들을 없애는 데도 앞장섰다. '한漢'이라는 새로운 왕조가 만들어진 데에는, 여후의 공도 결코 무시할 수 없었다.

길고 지루한 싸움을 끝에, 드디어 그의 남편은 황제가 되었다. 그녀는 황후가 되었으나 황제가 된 남편과 예전처럼 다정하게 지낼 수가 없었다. 황제의 곁에는 늘 신하와 미인들이 있었다. 시간의 풍상을 견디지 못한 그녀는 젊고 아름다운 여인들과 도저히 미모를 다툴 수가 없었다.

그런데 정말 경쟁자가 나타났다. 정도定陶 출신의 척희戚姬가 황제의 총애를 독차지하더니 드디어 아들까지 낳은 것이다. 척희는 미모를 무기로 삼아, 날마다 고조에게 울면서 여후가 낳은 아들 태자 영을 폐하고 자기가 낳은 아들인 여의如意를 태자로 세워달라고 조르기 시작했다. 어여쁜 부인이 날마다 울면서 요구하자, 고조도 마음이 흔들리기 시작했다.

고조高祖가 한漢의 왕이 된 후 정도定陶의 척희戚姬를 얻어 매우 사랑하였다. 그녀는 조은왕趙隱王 여의如意를 낳았다. 〔여태후가 낳은 아들〕 효혜제孝惠帝는 사람됨이 인자하지만 유약해 보여서 고조는 자기를 닮지 않았다고 생각했다. 그래서 항상 태자를 폐위시키고 척희의 아들 여의를 태자로 세우려고 했는데, 이는 여의가 자기를 닮았다고 생각했기 때문이다.

척희는 총애를 받아서 항상 고조를 따라서 관동關東으로 갔다.

그녀는 밤낮으로 고조 앞에서 소리 내어 울면서 자신의 아들을 태자로 세워달라고 했다. 여후는 나이가 많고, 항상 집안에 머물러 있었기 때문에 고조를 만날 기회가 드물었고, 점점 더 소원해졌다.

- 《사기》 〈여태후본기〉

고조가 영과 여의를 비교해보니, 아무래도 여의가 더 자기를 닮은 것 같았다. 고조가 보니 태자 영은 성품이 인자하고 배려심이 많은 건 좋았지만, 유약해 보이는 점이 마음에 걸렸다. 사실 영의 이런 성품은 고조의 성품을 닮은 것인데도 말이다. 여덟 명의 아들 중에서도 그의 눈에는 사랑하는 척희가 낳은 아들 여의가 가장 완벽해 보였다. 태자의 자리는 바람 앞의 촛불처럼 위태로웠다. 실제로 태자인 영이 폐위될 위기를 맞은 적이 한두 번이 아니었다. 고조의 시도는 아무 잘못도 없는 태자를 폐위시킬 수 없다는 신하들의 반대로 끝나고 말았지만 말이다.

여의가 조왕趙王으로 세워진 후, 태자[영盈]의 자리를 대신할 뻔한 적이 한두 번이 아니었다. 대신들이 [이 문제에 대해] 간쟁하고, 유후留侯(장량張良)의 계책 덕분에, 태자는 끝내 폐위되지 않았다.

- 《사기》 〈여태후본기〉

이때 태자보다 마음이 더 상한 사람이 있었는데, 바로 태자의 어머니인 여후였다.

'남편이 어찌 이럴 수 있단 말인가? 내가 당신을 어떻게 도왔는데! 내가 없었다면 남편이 지금 이 자리에 있을 수 있었겠는가?'

나이가 들면서 어여쁜 여인들에게 남편의 사랑을 빼앗기고, 더 이상 남편에게 아무런 관심도 받을 수 없게 된 그녀는 답답한 심정으로 하루하루를 견디는 수밖에 없었다. 여후는 척희와 그녀가 낳은 아들 여의를 향해 이를 갈았을 것이다.

'감히, 네까짓 것들이? 흥! 두고 보자고!'

복수는 나의 것

황제의 사랑을 독차지하던 척희에게 불행이 닥쳤다. 고조가 세상을 떠난 것이다. 위태롭게 태자의 자리를 지키고 있던 영이 황제(혜제)가 되고, 여후는 여태후呂太后(아들이 황제가 되면, 어머니는 '태후'가 된다)가 되었다. 척희는 그녀의 유일한 보호자이자 든든한 후원자 고조가 세상을 떠나자 스스로조차 보호할 수 없는 처지에 이르고 말았다.

오랜 시간을 배신감과 모멸 속에서 견뎌온 여태후는 한시도 지체하지 않았다. 그녀는 척희를 영항永巷[11]에 가두었다. 자기 아들의 자리를 위협하던 조은왕 여의에게도 손길을 뻗쳤다. 그녀는 궁에

---

11. 죄가 있는 궁녀들을 가두어두는 일종의 '궁녀들의 감옥'.

서 떨어져 있던 여의를 불러들였다. 이 소식을 듣게 된 혜제는 마음이 급해졌다. 설령 동생이 자기의 자리를 위협했다고는 하지만 그것은 여의가 스스로 원한 것도 아니었고, 어찌 되었든 자신은 이미 황제가 되지 않았는가.

그는 황제의 신분으로 몸소 동생을 맞으러 나갔다. 궁궐로 돌아온 그는 겨우 열세 살의 소년 동생을 극진히 보살폈다. 안달이 난 사람은 여태후였다. 황제가 날마다 여의와 밥을 먹고 잠을 잘 때조차 여의와 함께 하니, 도무지 손을 쓸 기회가 없었다. 황제와 여의의 주변에는 그들의 일거수일투족을 매섭게 감시하는 눈이 따라다녔다. 그러던 어느 날, 드디어 기회가 왔다. 혜제가 새벽에 활을 쏘러 나간 사이에 그녀는 어린 여의에게 짐독이 든 독주를 보내 그의 생명을 끊었다.

[여]태후는 조왕을 죽이려고 했으나, [혜제가 조왕과 함께 기거하며 그를 보호하는 바람에] 기회를 얻지 못했다.

효혜제 원년 12월, 효혜제는 새벽에 활을 쏘러 나갔다. 조왕은 나이가 어려서 일찍 일어날 수 없었다. 여태후는 그가 혼자 있다는 말을 듣고 사람을 시켜서 짐독을 탄 술을 그에게 먹였다. 날이 밝을 무렵, 효혜제가 돌아와 보니 여의는 이미 죽어 있었다.

－《사기》〈여태후본기〉

여의를 먼저 죽인 것은 여태후의 계략이었을 것이다. 그녀는 척희에게 단 하나뿐인 아들을 잃은 고통을 느끼게 했다. 고통은 이 것으로 끝나지 않았다. 여태후는 지나간 고통을 곱씹으며 가장 잔인한 방식으로 그녀를 괴롭힐 궁리를 했고, 드디어 그 방법을 찾았다. 사람이 아닌 가장 비천한 존재로 만들어버리는 것, 짐승보다 못한 짐승으로 만들어버리는 것! 훗날까지 회자되는 '사람돼지'(인체人彘)는 바로 그녀의 복수심에서 만들어진 괴물이었다.

여태후의 복수심은 여기에서 끝나지 않았다. 그녀는 황제인 아들을 불러 인간돼지가 된 척희를 보여주었다. 여태후는 아들에게 말하고 싶었을 것이다. 내가 복수했노라고 말이다. 하지만 천성적으로 인자한 황제는 커다란 충격에 빠져 말을 잃고 말았다. 황제는 여태후의 아들로서 천하를 다스릴 수 없을 것이라며 눈물을 흘렸다.

[여]태후는 척부인戚夫人[12]의 손과 발을 잘랐다. 눈을 뽑고 귀를 지졌으며 벙어리가 되는 약을 먹인 뒤, 변소에 던져넣었다. 그리고 그녀를 '사람돼지'(인체人彘)라고 부르라고 명을 내렸다.
며칠 후에, 태후는 효혜제를 불러서 사람돼지를 보여주었다. 그것을 본 효혜제는 사람들에게 물어보고 나서야 사람돼지가 척부인이라는 것을 알고 큰 소리를 내며 울었다. 이처럼 충격적인 일로 병을 얻은 효혜제는 거의 일 년이 되도록 일어나지 못했다. 효혜제는 사람을 보내어 태후에게 말했다.

....

12. 《사기》에 나오는 척희와 척부인은 같은 사람이다.

"이것은 사람이 할 짓이 아닙니다. 저는 태후의 아들로서 끝내 천하를 다스릴 수 없을 것입니다."

효혜제는 이 일 후에 하루 종일 음주가무에만 빠져 정사를 돌보지 않았고, 이 때문에 병을 얻게 되었다.

— 《사기》 〈여태후본기〉

복수, 네버 엔딩 스토리의 결말

여태후는 그토록 이를 갈던 척희와 그녀의 아들에게 잔인한 복수를 했지만, 그 복수가 자신의 아들까지 죽음에 이르게 하리라고는 생각하지 못했을 것이다. 끝내 여의를 지켜주지 못한 미안함에, 사람돼지가 된 척희를 보고 충격을 받은 혜제는 술과 여색에 빠져 정사를 돌보지 않았다. 취하지 않은 맨정신으로는 도무지 이 잔혹하고 낯선 세상을 마주할 수 없었을 것이다. 결국 그는 황제가 된 지 7년 만에, 후사도 남기지 못하고 스물셋이라는 젊은 나이에 세상을 떠나고 말았다.

아들이 죽었지만 여태후는 슬픈 기색이 없었다. 황제가 되자마자 다른 여인에게 눈이 팔린 남편, 자신에게 고마워하기는커녕 원망만 하다 죽은 아들을 생각하면 화가 났을 것이다.

'흥! 이제 유씨 천하는 끝이야!'

혜제가 후사를 남기지 못했기 때문에, 여태후는 허수아비 황제를 세워야 했다. 그녀는 후궁의 아이를 데려다 황제로 세웠다. 새로운 황제를 세웠지만 모든 결정과 명령은 그녀의 입에서 나왔다. 그런데 그렇게 세운 황제가 조금 성장하여 여태후에게 복수하겠다는 말을 했다는 소문을 듣자, 그녀는 황제의 정신이 온전하지 않다는 핑계를 대고 폐위시킨 뒤 몰래 살해했다. 여태후는 자신이 생각하고 원하는 것은 무엇이든 얻을 수 있었다.

분노와 복수심으로 유씨 천하를 끝내고, 새로운 여씨 천하를 꿈꾸던 여태후는 여씨들을 궁으로 불러들여 왕으로 세웠다. 유씨 왕들에게는 여씨의 여인들을 아내로 삼아주었다. 이제 세상은 여씨 세상이 될 터였다. 하지만 곳곳에 암초가 있었다. 고조의 아들인 조왕 유우劉友가 여씨의 딸보다 다른 여인을 사랑하자 여태후는 그를 불러들여 감금시킨 후 죽게 만들었다. 양왕梁王 유회劉恢도 여씨 여인을 왕후로 맞았는데, 유회에게 사랑하는 여인이 생기자 왕후는 그녀를 살해했다. 그러나 끝내 유회의 마음을 얻을 수 없었다. 유회는 슬픔을 이기지 못하고 스스로 목숨을 끊고 말았다.

여태후가 섭정한 지 8년, 여씨 천하를 만들기 위해 동분서주하던 여태후는 결국 세상을 떠나고 말았다. 여태후는 세상을 떠나는 순간까지도 조카인 여록呂祿을 불러 자신의 장례도 치르지 말고 병권을 차지하라고 당부했다. 영원한 여씨 천하를 위해서 말이다.

여태후의 꿈은 이루어졌을까? 그렇지 않다. 그녀가 복수에 복수를 거듭하며 쌓아올린 거대한 성벽은 하루아침에, 그것도 전혀 예상하지 못한 곳에서 무너지고 말았다. 병권을 차지한 여록은 한 걸음 더 나아가 완전한 여씨 천하를 만들기 위해 반란을 꿈꾸고 있었다. 한고조의 손자인 주허후朱虛侯 유장劉章의 아내는 여태후의 조카인 여록의 딸이다. 유장은 아내 덕분에 장인인 여록의 계획을 알게 되었고, 먼저 재빠르게 손을 써서 여씨들을 제압했다. 여태후가 자신의 장례까지 포기하면서 이루려고 한 그녀의 꿈, '여씨의 난'은 이렇게 허무하게 끝나고 말았다.

마음에 들지 않는 자는 가차 없이 죽이고, 요직에는 가족들을 불러들이고 유씨 왕들에게는 여씨의 딸들을 아내로 주었지만, 여태후의 이러한 계획은 성공하지 못했다. 심지어 여태후가 가장 믿었던 여록의 딸에 의해 여씨의 세상은 완전히 사라지고 말았다. 그들은 헛된 것을 좇고 있었다.

여태후는 《사기》에 이름을 올린 유일한 여성이자 그 위세가 황제를 능가했지만, 그녀는 사람들의 마음을 얻지는 못했다. 여태후의 한 마디에 사람들이 일사분란하게 움직였지만, 사람들의 마음은 이미 멀어져 있었다. 마음을 얻지 못할수록 그녀의 수법은 더욱 잔인해질 수밖에 없었다. 공포심과 두려움만이 그녀의 유일한 무기였다. 자신의 장례까지 거부하며 지키고 싶어 한 것들은 결국 그녀가 믿었던 사람에 의해 산산조각 나고 말았다. 그녀는 몰랐을 것이다. 천하를 호령할 수 있는 권세로도 가질 수 없는 게 있다는 사실을 말이다.

11장

'문경지치'의 황금시대를 연 문제文帝
– "모두 부족한 내 탓이오."

《사기史記》〈효문본기孝文本紀〉
《사기史記》〈외척세가外戚世家〉

사랑받지 못한 덕분에

이번에 소개할 리더는 한漢 왕조의 세 번째 왕, 훗날 성군聖君으로 불리는 문제文帝다. 한고조 유방의 여덟 명의 아들 가운데서 특별히 두각을 보이지 않던 넷째 아들 유항劉恒이 황제가 된 과정에는 잔인하기로 이름 높은 여태후呂太后가 있다.

여태후는 자신의 남편과 아들을 황제로 만든 대단한 여인이지만, 그녀의 질투는 그 누구도 따라갈 수 없을 정도였다. 남편이 죽은 뒤 척희戚姬를 '사람돼지'로 만들었을 뿐만 아니라, 고조의 여러 아들들을 살해했다. 아들 유영劉盈을 통해 평생 영화를 누리고 싶었지만 어머니의 악행에 충격을 받은 아들 효혜제는 후사를 남기지 못하고 세상을 떠났다. 여태후는 척희의 아들 유여의劉如意뿐만 아니라 다른 고조의 아들들도 살해했기 때문에, 그녀가 죽고 나자 고조의 아들은 겨우 둘뿐이었다.

그럼 유항은 어떻게 끝까지 살아남을 수 있었을까? 그것은 모두 어머니 박희薄姬[13]가 고조에게 사랑을 받지 못한 덕분(?)이었다.

고조가 붕어하자, [고조에게] 사랑받던 모든 희첩姬妾과 부인夫人 들은 여태후呂太后의 분노 때문에 모두 갇혀 궁宮 밖으로 나가지 못했다. 그런데 박희薄姬는 [고조를] 매우 드물게 뵈었기 때문에, [궁 밖으로] 나갈 수 있었다. [그녀는] 아들을 따라 대代(지명)로 가서 대왕태후代王太后(대왕의 어머니)가 되었다.

– 《사기》〈외척세가〉

그랬다. 문제의 어머니인 박희는 고조의 아들을 낳기까지 했지 만, 고조의 시선은 그녀를 향하지 않았다. 그녀는 끝내 고조에게 사랑받는 것을 포기하고, 대왕代王[14]이 된 아들을 따라 대 땅으로 갔다. 사랑을 받지 못한 사람은 그녀뿐만 아니라, 그녀의 아들 유항 도 마찬가지였다. 그들은 사람들의 기억 속에서 희미해졌고, 그렇 게 무려 17년의 시간이 지났다.

....

13. 훗날 박희는 아들 유항이 황제가 되어 박태후薄太后가 된다.
14. 대代나라에 왕으로 봉해졌기 때문에 대왕이라고 부른다. '대'는 현재 중국의 하북 성河北省과 내몽고자치구의 경계 지역으로, 흉노족이 출몰하는 위험한 지역이었다.

갑자기 찾아온 행운

대 땅에서 남편과 아버지 없이 외롭고 고단한 시간을 살던 그들 모자에게 여태후가 사망했다는 소식이 전해졌다. 고조와 여태후가 모두 사망한 가운데, 조정에서는 후사를 정하는 문제로 시끄러웠다. 사람들의 생각은 모두 제각각이었지만, 황위皇位를 오래 비워두어서는 안 된다는 점에서는 의견이 일치했다. 대신들은 머리를 맞대고 논의했다.

여덟 명의 아들 가운데 살아남은 대왕과 회남왕 가운데 누구를 선택할 것인가? 우선 대왕이 연장자이기 때문에 대왕을 황위에 올려야 한다는 의견에 무게가 실렸다. 게다가 대왕의 어머니는 선량하다고 알려져 있었다. 외척인 여태후 때문에 한바탕 난리를 겪은 사람들에게 이것은 정말 중요한 점이었다. 그들은 고민 끝에 효성스럽다고 알려진 대왕을 낙점했다. 황위를 이으라는 영광스러운 소식이 대왕에게 전해졌지만, 유항은 두렵고 혼란스러웠다. 고조의 아들들이 비명에 죽어간 것을 알고 있는 그에게 황제가 된다는 것은 그다지 좋은 소식만은 아니었다. 그러자 송창宋昌이라는 신하가 말했다.

지금 고제高帝(한고조 유방)의 아들은 회남왕과 대왕뿐입니다. 왕께서는 [회남왕보다] 연세가 높으시고, 현명하시고 뛰어나시며, 어질고 효성이 지극하다는 명성이 있기 때문에, 대신들이 천하의 마음을 받들어 왕을 황제로 세우려는 것입니다. 대왕께서는 의심하지 마십시오.

- 《사기》〈효문본기〉

이런 진심 어린 조언을 듣고도 대왕은 두려움을 거둘 수 없었다. 여태후가 만든 피바람이 얼마나 거세었던지 충분히 짐작할 수 있다. 어머니인 박희와도 의논을 했지만, 쉽사리 결정을 내릴 수 없었다. 그래서 점을 쳐보자 천자가 된다는 점괘가 나왔다.

곧이어 장안의 대신들이 새로운 천자를 모셔가기 위해 유항에게 찾아와 천자의 옥새와 부절을 바치자 유항은 거듭 사양하며 말했다.

고제의 종묘宗廟를 받드는 것은 중요한 일이오. 과인은 재주가 뛰어나지 않아 종묘를 받들기에는 충분하지 않소. 그러니 초왕楚王을 청하여 적합한 사람을 의논해주길 바라오. 과인은 감당할 수 없소.

- 《사기》〈효문본기〉

유항의 대답은 진심이었다. 신하들이 바닥에 엎드려 거듭 청하자, 대왕 유항은 서쪽을 향해 세 번 사양하고, 남쪽을 향해 다시 두 번 사양했다. 그들은 한사코 스스로를 낮추며 거절하는 대왕을 보고, 대왕이야말로 천자가 되어야 한다고 생각했을 것이다.

정든 대 땅을 떠나 미앙궁未央宮으로 들어온 날, 드디어 천자가 된 문제는 한밤중에 조서를 내려 천하에 대사면령을 내렸다. 그에게 무엇보다 중요한 것은 새로운 천자의 위용을 과시하는 것이 아니라, 백성에게 사랑을 보이는 일이었다.

문경지치文景之治의 서막

중국 역사에는 몇 번의 황금시대가 있었다. 가장 처음에 찾아온 황금시대는 '문경지치文景之治'의 시대로 바로 문제에 의해 시작되었다. 아마 사람들은 상상도 하지 못했을 것이다. 사람들의 기억 속에 거의 없던 고조의 아들, 먼 변방에서 어머니와 고단한 삶을 살던 대왕이 그렇게 멋진 황제가 된다는 사실을 말이다.

황제가 된 첫 해, 문제의 눈에 들어온 것은 법法이었다. 진秦나라가 멸망하고 한漢나라가 세워진 지 약 40년의 세월이 지났지만, 한나라는 진나라에서 사용하던 제도들을 거의 그대로 사용하는 경우가 많았다. 엄격한 법가주의를 채택한 진나라의 법률제도가 여전히 시행되고 있었다. 문제가 말했다.

중국의 황금시대인 '문경지치文景之治'를 연 한문제.

법法이란 다스림을 바르게 하는 것으로, 포악함을 막아 선한 사람으로 이끄는 것이오. 그런데 지금은 법을 어긴 사람의 경우 [이미 그 죄가] 논해졌는데도 죄가 없는 부모와 처자 그리고 형제들까지도 연좌되어 노비가 되기도 하오. 짐은 이를 그대로 받아들일 수 없으니, 논의해주기 바라오.

- 《사기》〈효문본기〉

이것은 당시 널리 퍼져 있던 '연좌제도'를 정면으로 비판한 것이었다. 거센 반발이 이어졌다. 관리들은 백성은 스스로를 다스릴 수 없기 때문에 법이 있는 것이고, 한 사람의 죄로 온 가족이 벌을 받으면 그들이 두려워 감히 죄를 짓지 않을 것이라고 주장하며, 연좌제도의 이점에 대해 말했다. 그들은 한 마디를 덧붙였다. 이렇게 한 것은 이미 시행된 지 오래되었으니, 그냥 예전대로 하는 게 좋다는 것이었다. 황제가 되자마자 형벌을 줄이겠다는 황제에게 옛것을 그냥 따르라는 무언의 압박이기도 했다. 그러나 문제도 물러서지 않았다.

짐은 법이 바르면 백성이 순박해지고, 죄가 합당하면 백성이 [죄의 처분에] 따른다고 들었소. 백성을 다스리고 선善으로 이끄는 자는 관리[吏]요. 잘 이끌지도 못하면서 바르지 않은 법으로 그들에게 죄를 씌우는 것은 오히려 백성을 해치고 폭력을 행하는 자가 되오. 어찌 막을 수 있겠소? 짐은 그것의 이로운 점을 아직 보지 못했으니, 깊이 헤아려보길 바라오!

- 《사기》〈효문본기〉

관리들은 문제가 뜻 없이 한 말이 아님을 알아차렸다. 그들은 한 사람이 죄를 저지르면 죄 없는 가족에게까지 벌을 내리는 연좌의 법령을 없애야 한다는 조서를 올렸고, 황제는 관리들의 조서를 윤허했다.

설령 나를 비판한다 하더라도, 귀는 크게

문제가 황제가 된 후에 종종 일식日蝕이 나타났다. 오늘날 일식은 하늘이 보여주는 '우주쇼'와 같지만, 과학 지식이 부족한 고대인들에게 일식과 월식은 두려운 것이었다. 문제는 일식이 일어난 것은 모두 자기 탓이라며 스스로를 점검했다. 자신의 부덕함이 해와 달, 별까지 미친 것을 모두에게 고백하면서, 황제가 부족한 것이 있다면 언제든 말해달라는 당부도 잊지 않았다.

그래도 문제는 여전히 두려웠다.

혹시 내가 잘못한 것이 있는데도 내가 황제이기 때문에 말하지 않는 것은 아닐까? 아! 그렇다면 나는 백성과 하늘에 죄를 짓는 것이다.

문제는 천하의 다스림과 어지러움은 황제에게 달린 것이라고 말하면서, 자신의 잘못과 실수가 있으면 언제든 고하라고 말했다. 또한 현명하고 어진 인재들을 등용하여 백성을 이롭게 하라고 당부했다. 그래도 안심이 되지 않은 문제는 다시 명령을 내렸다.

옛날에 천하를 다스릴 때, 조정에는 선善으로 나아가게 하는 깃발과 비방(비판)을 할 수 있는 나무가 있어서 도道로 다스리려는 자들이 나아와 간하였소. 그런데 지금의 법은 비방과 요언妖言(사람들을 현혹시키는 말)을 하는 죄가 있어 많은 사람들과 신하들은 그들의 뜻을 다 표현하지 못하니, 윗사람은 그의 과실을 들을 방법이 없소. 앞으로 어떻게 먼 곳의 어질고 재주 있는 사람들을 오게 하겠소? 그 법을 없애도록 하시오.

– 《사기》 〈효문본기〉

예전에는 잘잘못을 알릴 수 있는 방법이 있었는데, 요즘에는 민심을 흔드는 말을 하면 죄를 뒤집어씌우니, 사람들이 쉬쉬할 수밖에 없다는 것이다. 물론 황제는 나쁜 말을 듣지 않을 수 있지만, 이것은 진실을 가리는 일이다. 문제는 설령 자신을 비판한다 하더라도, 언로言路를 막아서는 안 된다고 말하면서 관련법을 폐지하라고 한 것이다.

정말 대단한 일이다. 요즘에도 악플이나 비난을 참지 못해 고소장을 쓰는데, 하물며 그 당시는 황제 한 명에 의해 모든 것이 좌지우지되던 시대였다. 그러나 백성을 이롭게 하는 것을 가장 중요한 일로 생각하는 문제에게 이것은 너무나 당연한 처사였다. 또한 당시에는 황제를 저주하다 들키면 사형을 당했는데, 문제는 이런 일이 있다 하더라도 사형으로 다스리지 말라고 명령했다.

육형을 폐하라

문제가 황제가 된 지 13년, 제나라의 태창령太倉令 순우공淳于公이 죄를 지어 장안으로 압송될 처지가 되었다. 순우공은 딸만 다섯이 있었는데, 아들이 없으니 이런 때에 아무런 도움이 되지 않는다며 한탄했다. 그러자 막내딸 제영緹縈은 아버지의 말에 마음이 아파, 울면서 아버지를 따라 장안까지 갔다. 제나라에서 장안까지 가는 길은 결코 만만한 거리가 아니다. 하지만 제영은 포기하지 않았고, 결국 장안에 도착하여 황제에게 상서를 올렸다. 백성이 황제에게 글을 올릴 수 있는 것, 이것은 귀를 크게 열어둔 문제가 언로를 활짝 열어주었기 때문이다. 제영은 이렇게 말했다.

저[15]의 아버지는 관리였는데, 제나라에서는 모두 청렴하고 공평하다고 칭찬을 받았습니다. 그런데 지금 법을 어겨 형벌을 받게 되었습니다.

죽은 자는 다시 살아날 수 없고, 형벌을 받은 자는 다시 원래대로 회복할 수 없으니, 잘못을 저지른 자들이 설령 잘못을 고쳐 스스로 새로운 모습을 갖고 싶어도 그럴 길이 없다는 것이 안타깝습니다. 제가 관비가 되어 아버지의 형벌을 속죄하고, 아버지가 새롭게 거듭날 수 있기를 원합니다.

— 《사기》 〈효문본기〉

---

15. 첩妾, 그녀는 스스로를 '첩'이라고 말했는데, 이것은 자기를 낮추어 부르는 말이다.

제영의 아버지 순우공이 받은 벌은 육형肉刑(여기서 '고기 육肉'은 사람의 육체를 말한다)이었을 것이다. 고대 중국에는 많은 형벌이 있었는데, 그중 하나가 신체에 직접적인 손상을 입히는 형벌이었다. 사마천이 받은 궁형宮刑, 이마에 먹물을 들여 죽을 때까지 죄인으로 멸시받으며 살게 하는 경형黥刑(또는 '묵형墨刑'이라고 한다), 발뒤꿈치를 베는 월형刖刑, 코를 베는 비형鼻刑 등이 모두 육형에 해당한다.

제영은 사형을 받으면 다시 살아날 수 없고, 육형을 받으면 몸을 원래대로 회복할 수 없으니 잘못을 저지른 사람이 새사람이 되려고 노력해도 그럴 수 없는 현실이 안타깝다고 호소했다. 그러면서 제영은 아버지 대신 노비가 되겠으니, 아버지가 새로운 사람이 될 수 있는 기회를 달라고 울면서 간청했다. 문제는 어떤 반응을 보였을까? 그는 제영의 호소를 들어 육형을 없애라는 명을 내렸다.

유우씨有虞氏의 시대에는 [죄를 지은 사람에게는] 의관衣冠에 [특정한 그림으로] 표시하거나 [보통 사람들과] 다른 의복[章服]을 입혀 수치를 느끼게 하였는데도, 백성은 죄를 범하지 않았소. 왜 그랬겠소? 다스림이 지극했기 때문이오. 그런데 지금 법에는 세 가지 종류의 육형이 있어도 간사하고 어지러운 일들이 그치지 않고 있소. 그 허물을 어디에서 찾아야 한단 말이오? 짐의 덕이 엷고 밝지 않기 때문이 아니겠소? 짐은 매우 부끄럽소. (……)
지금 어떤 사람이 잘못을 저지르면, 교화가 베풀어지기도 전에 형벌을 가하고 있소. 그렇다면 행실을 고쳐 선을 행하려고 해도 방법이 없는 것이오. 짐은 [백성을] 심히 불쌍하게 생각하오. 형벌로 사람의 몸을 절단[절단이나 문신 등]하면, 손상된 몸은 평생 [다시 새살이 돋거나 뼈가 생겨] 회복되지 않을 것이오. 백성의 고통은 [짐이] 부덕한 때문이오. 이것이 어찌 백성의 부모로서 할 일이겠소? 육형을 폐하시오!

– 《사기》 〈효문본기〉

백성이 저지른 잘못에 대한 책임이 그들에게만 있다는 것인가? 백성의 부모가 된 자신에게도 일말의 책임이 있다는 것이 문제의 생각이었다. 이때부터 이마에 문신을 하던 형벌은 머리를 깎는 것으로 바뀌고, 발뒤꿈치를 베던 형벌은 목에 칼을 씌우는 것으로 바뀌었다. 순우공은 막내딸 덕분에 육형을 피할 수 있었다.[16] 《열녀전列女傳》에서는 제영의 한 마디가 황제의 생각을 활짝 열었다고 말하면서 제영의 말재주를 칭찬했지만, 만약 당시의 황제가 문제가 아닌 다른 사람이라면 결과는 달랐을 것이다. 문제가 들을 귀를 크게 열어놓은 덕분에 제영의 활약도 빛난 것이다.

마지막 순간까지 백성을 생각한 황제

문제의 이런 노력에도 불구하고, 피할 수 없는 일들이 있었다. 일식이 나타난 것은 물론이고, 그가 황위에 오른 지 22년이 되는 해

------

16. 유향劉向, 《열녀전列女傳》 〈변통辯通〉

에는 흉노가 쳐들어왔다. 또한 세상에 끔찍한 가뭄이 든 것도 모자라 해충의 피해까지 들어 황제의 마음을 아프게 했다. 그때마다 문제는 먼저 솔선수범했다. 제후들에게는 공물을 바치지 않게 하고, 백성이 산과 못을 좀 더 자유롭게 이용하도록 했으며,[17] 황제의 위엄을 돋보이게 해줄 의복과 궁실을 축소했다. 또한 창고와 곳집을 열어 굶주리고 가난한 백성을 구제해주었다.

그래서 문제가 즉위한 지 23년이 되었는데도, 궁실은 더 화려해지지도 기물이 더 많아지지도 않았다. 달라진 것이 있다면, 백성의 삶이었다. 그들의 삶은 나날이 좋아졌다.

> 천하에 가뭄이 들고, 황충蝗蟲의 피해가 생겼다. 황제는 은혜를 베풀었다. 제후들에게 공물을 바치지 말게 하고, 산과 못에 관한 법을 느슨하게 하고, 황제의 입을 것과 탈것, [황제를 위한] 개와 말을 줄였고, 황제를 수행하는 인원도 줄였다. 창고와 곳집을 열어 빈민을 구제하였다. (……)
>
> 문제가 대代에서 와서 즉위한 지 23년이 되었지만, 궁실과 황제의 정원에 있는 말과 개, 옷과 탈것은 늘어나지 않았다. 불편한 것이 있으면, 그때마다 [관련 제도와 법 등을] 느슨하게 하여 백성을 이롭게 하였다.
>
> ─ 《사기》 〈효문본기〉

....

17. 입산에 대한 규제는 지나친 벌목을 우려한 때문이고, 못에 대한 규제는 어린 물고기를 보호하기 위해서였다.

검소함을 미덕으로 알고, 말하기보다 듣기를 좋아한 왕이지만 문제도 사람이었다. 문제는 볕과 바람이 잘 드는 곳에서 쉴 수 있는 노대露臺(일종의 야외 테라스 같은 정자)를 만들고 싶어 장인을 불렀다. 비용을 계산해보니 보통 수준의 열 집에 해당하는 금액이었다. 그러자 그는 손을 내저었다. 선제가 남겨준 궁실만도 충분하고, 이미 있는 것도 제대로 사용하지 못하여 항상 노심초사하고 있는데 그럴 수 없다는 것이다. 결국 문제는 소박한 욕심을 포기했다.

언젠가 문제가 노대露臺를 짓고 싶어서, 우선 장인을 불러 비용을 계산하게 하였는데, 백금의 돈이 든다고 말했다. 그러자 문제는 이렇게 말했다.
"백금이라면 보통 수준의 열 집 가산과 맞먹는 것이오. 나는 선제의 궁실을 받들면서도 [제대로 받들지 못하는 것은 아닐까] 항상 부끄럽게 생각했는데, 어찌 [노대를] 짓겠소?"

- 《사기》 〈효문본기〉

그뿐인가? 그는 항상 소박한 옷을 입었고, 그가 사랑하던 신부인愼夫人에게 끌리는 치마를 입지 말라고 당부했다. 수놓지 않은 휘장을 사용했고, 그의 무덤은 와기瓦器만 사용해서 지었을 뿐, 금이나 구리, 주석 등으로 장식하지 않았고, 분묘도 높이 올리지 못하게 했다. 진시황이 자신의 무덤과 궁실인 아방궁을 짓는 데 무려 70만 명의 죄수를 동원한 것과는 무척 대조적이다.

문제는 항상 자신의 덕이 부족하다는 생각으로 백성을 돌보는 데만 집중했다. 사마천은 문제에 대해 "덕으로 백성을 교화하는 데만 힘써, 온 나라는 재물이 넉넉하고 번영했으며 예의가 생겨났다"고 서술했다.

황위에 오른 이후, 백성을 위해 평생을 고군분투한 그는 쉰도 되기 전에 세상을 떠났다. 마지막으로 문제가 남긴 조서, 그의 유언의 글자 사이는 백성에 대한 걱정과 사랑으로 넘쳐난다.

짐은 천하 만물 가운데 생명이 움트고 나서 죽지 않는 것은 없다고 들었다. 죽음은 천지의 이치고, 만물의 자연스러운 현상이다. 그러니 어찌 심히 슬퍼하겠는가? (……)
천하의 관리와 백성에게 명령을 내려 사흘만 상례에 임한 후, 상복을 벗게 하라. 백성이 장가들고 시집가는 일, 제사 지내고 술과 고기를 먹는 일을 금하게 하지 말라.

— 《사기》〈효문본기〉

자신의 죽음은 다른 생명, 다른 사람과 마찬가지로 다를 게 없다며 슬퍼하지 말라고 위로했다. 또한 황제의 죽음이 백성의 일상에 영향을 끼칠까 봐 염려하여 사흘만 상례에 참석하고, 상복을 벗고 일상으로 돌아가 각자 해야 할 일들을 하라고 당부했다. 황제는 어디까지나 백성의 부모로서 그들을 위해 존재하는 자이니 말이다.

문제가 세상을 떠난 후, 태자인 유계劉啓가 황위를 이었다. 문제의 아들인 경제景帝 유계도 아버지를 본받아 백성을 위하는 훌륭한 정치를 펼쳤다. 평생 백성만을 생각하고 살아간 문제의 삶이 거울이자 교과서가 되었을 것이다. '문경지치'라는 황금시대는 저절로 만들어진 것이 아니었다. 황제가 된 후 죽는 날까지, 날마다 조금씩 만들어가고 완성한 세상이었다. 성군聖君이라는 멋진 수식, 문제에게는 전혀 아깝지 않은 찬사다.

운명은 개척하는 것, 천명天命은 스스로 완성하는 것

문제는 황제가 될 운명이었을까? 고조의 아들이니 황제가 될 가능성은 물론 있었다. 그러나 그는 평생 고조에게 사랑받지 못한 박희의 아들이고, 한나라의 많은 땅 중에서도 대라는 척박한 땅, 언제든 흉노가 쳐들어올 수 있는 위험한 지역에 봉해진 왕에 불과했다. 그도 자신의 처지를 알았을 것이다. 여덟 명의 아들 가운데 자신이 황제가 될 가능성은 거의 없다는 사실을 말이다. 그는 아들을 따라온 어머니를 극진히 모시고 조용히 살아갔다. 그런데 생각지도 못한 피바람이 불어 그가 황제가 되었다. 그렇게 '황위'는 그에게 우연처럼 왔다. 천명天命은 하늘이 정한 것이니, 어쩌면 그에게 황제는 하늘이 정한 운명, 천명이었을지도 모른다.

하지만 황제가 된다는 것과 성군이 된다는 것은 별개의 문제다. 문제가 찬란한 '문경지치'를 연 주인공이 될 수 있었던 것은 천명보다는 개인의 선택과 의지가 크게 작용했다. 문제가 황제로 즉위한 다음 해부터 하늘에서는 불길한 징조를 보냈다. 일식이 거듭해서 일어난 것이다. 황제에 오른 지 얼마 되지 않은 때에 나타난 이상 징후들은 사람들을 불안하게 했을 것이고, 문제의 마음도 결코 편하지 않았을 것이다. 그러나 그때마다 그는 자신의 부족함과 부덕함을 먼저 생각했고, 백성의 마음을 헤아리려고 노력했다. "부끄럽소", "내 탓이오", "내가 부족하오"라는 말은 문제가 자주 한 말들이다. 그는 누군가를 탓하거나, 잘못을 다른 사람에게 돌리는 것을 거부했다.

그 외에, 가뭄이 들고 메뚜기 피해가 온 나라를 휩쓸었을 때 문제가 한 일은 황제의 권위를 돋보이게 하는 사치를 포기하는 것이었다. 백성을 향한 그의 관심과 사랑은 그들을 향해 활짝 열어놓은 창고와 곳간이 그 증거였다. 죽는 날까지 백성의 삶에서 눈을 떼지 않은 황제, '문경지치'의 황금시대는 하루하루를 쌓아올려 만든 세상이었다.

주왕과 문제, 그 사이

은나라 주왕紂王과 문제를 비교해보면, 주왕이 훨씬 더 행운아처럼 보인다. 그는 별 어려움 없이 왕이 되었고, 그의 주변에는 훌륭하고 어진 신하들이 많았다. 그러나 그는 "내가 무슨 짓을 하든, 나는 천명을 받은 황제인데!"라는 생각으로 끝없이 방종하다 비참한 죽음을 맞았다. 반면 문제는 벼락처럼 찾아온 행운에만 기대지 않고 황제의 역할이 무엇인지 부단히 헤아렸다. 폭군暴君과 성군聖君의 차이는 하늘이 정하는 것이 아니라, 그들이 선택한 것이었다.

- 司馬遷, 《史記》(1~12), 中華書局, 2002.

- 사마천司馬遷, 정범진 외 옮김, 《사기 본기》, 까치, 2005.

- 사마천司馬遷, 정범진 외 옮김, 《사기 세가》(상·하), 까치, 2010.

- 사마천司馬遷, 정범진 외 옮김, 《사기 열전》(상·중·하), 까치, 2006.

- 사마천司馬遷, 김원중 옮김, 《사기 본기》, 민음사, 2014.

- 사마천司馬遷, 김원중 옮김, 《사기 세가》, 민음사, 2010.

- 사마천司馬遷, 김원중 옮김, 《사기 열전》(1·2), 민음사, 2014.

- 한비韓非, 이운구 옮김, 《한비자》(Ⅰ), 한길사, 2008.

- 한비韓非, 이운구 옮김, 《한비자》(Ⅱ), 한길사, 2007.

- 반고班固, 홍대표 옮김, 《한서열전》, 범우사, 2003.

- 반고班固, 안대회 옮김, 《한서열전(선집)》, 까치, 1997.

- 김용옥, 《논어 한글 역주》(1), 통나무, 2010.

- 성백효 역주, 《논어》, 전통문화연구회, 1999.

- 성백효 역주, 《맹자》, 전통문화연구회, 2003.

- 유안劉安, 안길환(安吉煥) 편역, 《회남자》, 명문당, 2001.

- 유향劉向, 이숙인 옮김, 《열녀전》, 예문서원, 1997.
- 김영수, 《사마천, 인간의 길을 묻다》, 왕의서재, 2010.

- 니시지마 사다오[西嶋定生], 최덕경·임대희 옮김, 《중국의 역사 : 진한사》, 혜안, 2004.
- 리링[李零], 김갑수 옮김, 《집 잃은 개》(1), 글항아리, 2012.
- 박한제 외, 《아틀라스 중국사》, 사계절, 2010.
- 위안커[袁珂], 전인초·김선자 옮김, 《중국신화전설》(Ⅰ), 민음사, 1998.
- 이성규 편역, 《중국 고대사회의 형성 : 사마천 사기》, 서울대학교출판문화원, 2014.
- 유강하, 《아름다움, 그 불멸의 이야기》, 서해문집, 2015.

- 유강하, 〈치유적 관점에서 본 사마천의 글쓰기-'태사공자서太史公自序'와 '보임안서報任安書'를 중심으로〉, 《문학치료연구》(28), 2013. 08.
- 유강하, 〈삶 속에서 '나의 철학' 발견하기〉, 《공군》(447), 2015. 09.

사마천이 《사기》를 집필하는 모습을 묘사한 조각. 오른쪽 위로 보이는 '史家絶唱'은
《아큐정전阿Q正傳》을 쓴 작가 노신魯迅이 "《사기》는 사가史家의 절창絶唱이다"라고
한 말을 따서 넣은 것이다. 섬서성 한중시 석문잔도 풍경구 소재.